Laetitia de Luca

L'Amour
et autres mensonges

Roman

Robert Laffont

ISBN : 978-2-221-27956-4
Dépôt légal : janvier 2025
Éditions Robert Laffont – 92, avenue de France, 75013 Paris
serviceclients@lisez.com

« La vérité pure et simple est rarement pure
et jamais simple. »

Oscar Wilde, *L'Importance d'être constant*

« Mais ces deux déchirés
Superbes de chagrin
Abandonnent aux chiens
L'exploit de les juger. »

Jacques Brel, « Orly »

1

> « J'ai faim de tes cheveux, de ta voix, de ta bouche,
> sans manger je vais par les rues, et je me tais,
> sans le soutien du pain, et dès l'aube hors de moi
> je cherche dans le jour le bruit d'eau de tes pas. »
>
> Pablo Neruda, *La Centaine d'amour*[1]

Paris, avril 2020

Toutes les familles ont leurs traditions. La nôtre, manifestement, est de tromper son mari. J'ai longtemps cru pouvoir y échapper, mais j'ai présumé de mes forces. Pourtant chacun le sait : les chiens ne font pas des chats. D'ailleurs, c'est en allant promener le mien que c'est arrivé.

— Les enfants font la sieste, je sors Max ! ai-je chuchoté, en articulant à pleine bouche pour qu'Antoine me comprenne, sans prendre le risque

1. Trad. par J. Marcenac et A. Bonhomme, © Éditions Gallimard, NRF « Poésie », 2023.

de réveiller les petits que j'avais mis si longtemps à endormir.

J'ai dévalé l'escalier, accrochée à la laisse, sans la moindre idée de la déflagration qui m'attendait. On connaît bien la micro-action qui entraîne des répercussions inattendues, le fameux effet papillon. Ça ne m'empêche pas de m'aventurer dans un labyrinthe de conjectures. Le petit jeu qui consiste à réécrire l'histoire avec des si ne sert qu'à se faire du mal. Mais c'est une tentation à laquelle je n'essaie même pas de résister.

Et si j'avais laissé Antoine y aller – ou si, pour une fois, Antoine s'était proposé d'y aller ? Si je n'avais pas cessé depuis longtemps d'espérer qu'il m'aide sans avoir besoin de le formuler ? Si j'avais continué à me battre pour le partage des tâches domestiques plutôt que de céder, par faiblesse, facilité ou mimétisme séculaire ? C'est vrai, j'ai abdiqué. Plus exactement, je me suis laissée emporter par une succession de petits renoncements. Il arrive un jour où l'on se dit : « Je vais le faire moi-même, ça ira plus vite. » Où l'on concède à l'autre une victoire dont il n'a même pas conscience, car la guerre n'a fait rage qu'en notre for intérieur, et que l'adversaire ne s'est à aucun moment rendu compte des hostilités en cours. J'ai fait mienne la doctrine selon laquelle, dans son couple comme dans la vie, il faut choisir ses combats. Après dix ans de mariage, Antoine a réussi son coup : j'ai intégré l'idée que ça m'épuise moins d'accomplir les besognes quotidiennes dont il ne soupçonne parfois même pas l'existence que de lui réclamer de les faire. Au fond, je ne pense pas que ce soit vrai, mais j'ai besoin d'y croire pour continuer. Je me demande rétrospectivement s'il n'aurait pas mieux valu pour tout le monde que je lui hurle d'aller le promener lui-même, ce foutu chien. Alors on se serait disputés, je ne serais pas sortie, et rien de ce qui s'est produit par la suite n'aurait eu lieu. Mais ça ne s'est pas passé comme ça, parce que j'ai choisi de tourner les talons plutôt que de gueuler, comme ma mère quarante ans avant moi. Ça veut dire quelque chose de nous, quelque chose que je ne croyais pas partager avec elle. J'avais tort.

Je suis tombée nez à nez avec *lui* au beau milieu du passage piéton de la rue de Courcelles. Je me demande d'ailleurs pourquoi nous avions tous les deux choisi de traverser à cet endroit-là, dans les clous, alors que plus aucune voiture ne circulait dans Paris. Un réflexe hérité de la vie d'avant, ou peut-être une façon de se raccrocher à la normalité. *Lui*, son masque sous le menton, ses Nike et son maillot trempé. Comme tant d'autres pendant cette période, il s'était remis au footing. Il aurait pu ne pas s'arrêter quand nos regards se sont croisés. Mais en ces temps d'angoisse, nous avions tous besoin de lien et le moindre visage familier devenait un espoir d'amitié. La seule fois où nous nous étions parlé remontait à deux ans environ. Il avait accompagné un de ses clients, un braqueur repenti, sur le plateau de mon émission. En régie, pendant que la présentatrice interviewait l'ancien escroc, il m'avait glissé d'un ton pince-sans-rire :

— Demandez-lui où il a planqué l'argent.

Face à mon silence mi-amusé, mi-hébété, il m'avait glissé un clin d'œil. On devrait se méfier des clins d'œil. Personne n'en fait dans mon entourage, j'y suis sans doute d'autant plus sensible. C'est fou tout ce qu'on peut dire en un centième de seconde, avec un simple battement de paupière. Je me rappelle qu'à l'époque, je ne sais pas pourquoi, je m'étais sentie soutenue, et ça m'avait fait du bien. J'avais pris son clin d'œil, aussi furtif et anodin soit-il, comme un clin de cœur.

Un détail m'avait frappée après l'enregistrement. Il avait posé la main sur l'épaule de son client et l'avait félicité avec beaucoup de sollicitude, de la fierté même, et pourtant avec une certaine retenue qui indiquait une grande humanité dans son rapport à l'autre. Ils étaient partis sans que je puisse leur dire au revoir.

Je me souviens l'avoir recroisé quelque temps plus tard dans notre quartier, accompagné d'une femme que j'avais trouvée très jolie. Bien plus belle que lui, avais-je pensé, intriguée par le couple qu'ils formaient. Nous nous étions salués sans nous arrêter, ce qui ne nous avait offusqués ni l'un ni l'autre. Ça aurait pu en rester là. Mais d'après ce qu'on dit, jamais deux sans trois, et la troisième fois que je l'ai vu, le monde avait changé. Et ce jour-là, il s'est arrêté.

— Bonjour. Comment allez-vous ?

— Ça va merci. Et vous ?

— Tout va bien, heureusement. Je m'inquiète un peu pour mes parents qui sont très âgés mais pour l'instant, ils tiennent le coup.

— C'est fou ce que nous vivons !

La conversation a duré quelques minutes, les banalités habituelles sur cette improbable situation qui bouleversait nos vies. En partant, il m'a dit « à demain ». J'ai continué mon chemin jusqu'à la rue Théodore-de-Banville. J'étais étonnamment bien, dans ce Paris calme et déserté, sous ce soleil radieux.

Et puis, des heures plus tard, alors que j'avais péniblement réussi à coucher les enfants, cet « à demain » lancé sur un bout de trottoir, au début d'une foulée, est revenu trotter dans ma tête. Qu'avait-il voulu dire exactement ? Était-ce une façon de me donner rendez-vous ? Un tic de langage ? Un simple automatisme ? Avait-il subtilement voulu prendre congé de moi sans paraître trop brutal ? Et si son « à demain » signifiait vraiment ce que ces deux mots signifient ?

Dès que je me suis autorisée à envisager cette dernière option, quelque chose a frémi dans mon ventre. Oui, c'était ça, un rendez-vous, même jour même heure, et par mon silence, je m'étais engagée à l'honorer.

J'avais replongé.

Je donnerais tout pour me débarrasser de cette maladie qui m'oblige à toujours faire précisément et en toutes circonstances ce que j'ai annoncé, comme si la moindre parole échangée valait une ligne d'un contrat dûment paraphé et signé en deux exemplaires devant le notaire. C'est plus fort que moi.

Avec les années, j'avais fini par comprendre – à peu près – que cette rigidité était loin d'être partagée par tous et qu'un « on se voit ce week-end ! » ou

« déjeunons ensemble la semaine prochaine » s'apparente moins à un engagement qu'à de la politesse, ou à un élan lié à l'instant présent qui s'évanouit aussitôt formulé. J'ai dû apprendre à m'adapter, et petit à petit, accepter de ne pas me vexer lorsqu'un « je t'appelle demain » se soldait par un silence.

Mais avec *lui*, face à *lui*, j'ai abandonné toute prudence, et ma tendance à tout prendre pour un serment a repris le dessus. Sans doute aussi parce que c'était beaucoup plus simple de me sentir obligée par ses mots, de les laisser me déresponsabiliser, d'accueillir son « à demain » comme une injonction plutôt que comme un dilemme qu'il me revenait de trancher seule. Ne pas avoir le choix. Prétendre que je n'avais rien décidé. Que j'avais juste suivi le mouvement, *son* mouvement.

Cette tyrannie que je m'impose à moi-même a quelque chose de très rassurant. Et face au vertige qui défiait toutes mes certitudes, j'avais sans doute eu besoin de cette quiétude-là. Alors je me suis ralliée à sa proposition.

Le lendemain, même endroit, même heure :

— Chéri, je vais promener le chien !

J'étais déçue de ne pas le trouver sur le passage piéton. Déçue, et agacée aussi – pas par lui, mais par moi. Je m'en voulais d'avoir pris ce qui n'était visiblement qu'une amabilité pour un vœu solennel.

J'étais sur le point de faire le deuil de sa venue et de l'ajouter à la longue liste de mes micro-déceptions quand je l'ai vu débouler au coin de la rue. Alors tout a disparu, les précautions d'usage, les élucubrations, les frustrations liées à ma « maladie ». J'ai oublié qu'il fallait me méfier de moi-même. Il était là et c'était tout ce qui comptait. Je me suis enquise de la santé de ses parents comme si je les connaissais. Nous avons devisé sur les difficultés de se retrouver enfermés entre quatre murs, tout en nous rappelant que nous étions privilégiés et que d'autres étaient bien plus à plaindre. On a parlé boulot aussi. Il m'a questionnée sur l'arrêt temporaire de mon émission et a lâché, dépité, quelques mots sur les conditions de détention désastreuses de certains de ses clients.

Et à la fin de la conversation, il m'a dit « à demain ».

Je me demande si, pour ma mère, ça s'est passé comme ça aussi. Une rencontre, le hasard et cette sensation d'irréversible. Est-ce que comme moi, pour avoir le cran de continuer, de se jeter dans une relation à laquelle elle ne pensait pas avoir droit, elle s'est raconté des histoires ? A-t-elle, elle aussi, confondu un élan, un moment, avec les prémices d'un amour fou ?

Le lendemain et les jours suivants, nous nous sommes retrouvés sur ce qui devient vite *notre* passage piéton. Je n'ai pas parlé à Antoine de ce rituel. Je me pardonne ce silence en me répétant que ce n'est pas un secret, puisque je ne lui cache rien. Il ne me pose simplement pas la question et je n'éprouve pas le besoin de lui en faire part. Cela fait longtemps qu'il ne se tourne plus vers moi quand je rentre à la maison. Tout au plus un « tout roule ? » ou un « c'était bien ? » lancé sans grande conviction, sans même lever le nez de son téléphone. Parfois rien. J'ai compris, avec le temps, que son attitude ne constitue pas forcément un manque d'intérêt, qu'il faut juste attendre le moment où il sera disponible, que l'habitude de l'autre lisse son attrait. Je ne suis plus une petite fille ; l'attention inconditionnelle, presque irrationnelle, que j'ai reçue toute mon enfance appartient au passé. Et Antoine, jour après jour, même si c'est à son insu, se charge bien de me le rappeler.

Au début de notre histoire, pourtant, tout chez moi le passionnait. Ce sont d'abord nos origines qui nous ont rapprochés. Nous venions de la même province, celle de la morne plaine, des hauts beffrois et des moules-frites. Il était le directeur financier de la chaîne de télévision pour laquelle je travaillais à l'époque. Un vendredi de grève des cheminots, alors qu'il m'avait trouvée dépitée de ne pas pouvoir rentrer dans ma région natale, il m'avait proposé de m'y emmener en voiture, lui-même ayant prévu de rendre visite à ses parents. L'un avec l'autre, nous naviguions en terres connues. Nous avions grandi au même endroit, fréquenté les mêmes établissements scolaires à quelques années d'écart, les mêmes bars, les mêmes têtes blondes. Nous venions de milieux différents, sa famille étant bien plus bourgeoise que la mienne – ce qui n'était pas pour me déplaire –, mais notre enfance avait eu le même décor. Et puis nous avions tous les deux quitté Lille, poussés par l'envie de découvrir le monde, et l'ambition commune de le dévorer. Nous étions devenus des Parisiens pur jus, profitant à fond de la vie trépidante que nous offrait la capitale, en conservant ce petit fond de provincialisme qui n'abandonne jamais vraiment ceux qui ont grandi loin de Paris. Les choses sont allées très vite entre nous. Nous arrivions à point l'un pour l'autre. Sortir avec lui, c'était comme rentrer à la maison. Tout était fluide, évident. Notre histoire ne laissait pas de place au doute. J'avais trouvé un homme sans vices cachés, sans risque de malversation amoureuse. Exactement ce qu'il me fallait.

Les premiers temps, nous passions des heures à nous abreuver l'un de l'autre. Le soir après le travail, nos retrouvailles étaient une fête. Plus encore que notre vie, c'était le fait de la partager qui nous comblait. Il m'élevait, je l'élevais. Nous nous admirions réciproquement et nous enorgueillissions secrètement du couple que nous formions. Puis nous sommes devenus jeunes parents, et nos conversations se sont nourries à l'envi des innombrables qualités que nous trouvions à nos enfants. Là encore, nous nous sommes enorgueillis de la famille que nous construisions. Et enfin, tout doucement, parce que nul ne saurait y échapper, à ce qu'il paraît, nous sommes devenus un vieux couple. Loin du cataclysme, sa soif de nous s'est délitée dans un glissement sourd, au fil du temps, des promotions professionnelles et des enfants. Il a cessé de m'accompagner dans mes sorties. Nous avons tous les deux mis ça sur le compte de la fatigue, des soucis, des responsabilités, du réveil qui sonnera tôt le lendemain. Aucune hostilité entre nous, juste un éloignement. Antoine m'aime. Plus que tout hormis lui-même (mais peut-on lui jeter la pierre ?). Il m'aime comme son père a aimé sa mère, comme les hommes bien aiment leur épouse. Nous sommes un couple uni, un socle, une équipe. Nous

nous sommes transformés sans nous en rendre compte en une PME dont je suis la DG, la DRH, la comptable, l'assistante et la femme de ménage, aux petits soins pour l'actionnaire principal dans la peau duquel Antoine s'est coulé tout naturellement, sans que je m'y oppose. Nos dîners se sont mués en réunions. On s'est mis à planifier plutôt qu'à inventer. Jusqu'au sexe. Au début, j'ai eu un peu de mal avec ce nouvel ordre des choses, et puis je me suis habituée. J'ai cessé peu à peu de lui relater toutes ces petites anecdotes insignifiantes que je mourais d'envie de partager avec lui autrefois. Je me suis mise à les garder pour moi, à apprendre à vivre sans cette écoute-là, et très vite, comme la nature est bien faite, à ne plus en éprouver ni le besoin ni l'envie.

Je me suis mariée « dans ma rue », comme disent les Québécois, avec un homme brillant, aimant et rassurant. Un homme avec qui j'allais bâtir exactement l'inverse de ce qu'avaient fait mes parents. Je lui ai juré fidélité avec le sentiment doux-amer de m'essuyer les pieds sur ma mère, d'enfin réparer ses offenses et ses trahisons. Un appartement, deux enfants, une maison de campagne, un chien et une pandémie plus tard, je suis prête à tomber amoureuse d'un autre, que je vais aimer comme on s'enfuit. Ou plutôt comme on se retrouve.

*

Très vite, je suis devenue accro à nos soixante minutes d'autorisation de sortie quotidienne. Mes journées entières n'ont plus tourné qu'autour de ces rendez-vous qui ne disaient pas leur nom. Je régissais le planning de la famille non plus pour gagner du temps mais pour ne pas en perdre avec *lui*. Si les enfants n'arrivaient pas à s'endormir pour la sieste, je les houspillais plus que de raison, si ma mère appelait au moment où je m'apprêtais à sortir, je prétextais un double appel du travail, si d'aventure Antoine se piquait d'envie de me raconter le dernier épisode de sa série Netflix, je regardais compulsivement l'heure sur mon téléphone pour le pousser à abréger, obnubilée par mon envie de déguerpir de cet appartement.

Je ne sais pas si c'est à cause de *lui*, de sa nature, s'il a l'habitude d'instaurer une certaine intensité dans son rapport aux autres, ou à cause de la situation ambiante si singulière, mais nos discussions ont rapidement pris une tournure très intime. Oubliant mon éternelle retenue, je lui ai tout balancé, je lui ai donné les clefs du coffre-fort sans même qu'il les demande. Je devais avoir envie de l'impressionner, de me montrer moins quelconque que je n'en avais l'air. Lui aussi m'a confié son talon d'Achille, en me précisant qu'il n'en parlait jamais habituellement : il avait peu connu son papa, parti avec une autre femme alors qu'il n'avait que trois ans. Cela ne m'a pas surprise. Je les repère de loin, les sans-père. À leur irrépressible envie de briller, et à la cassure à l'intérieur qu'ils savent si bien masquer. Évidemment, j'ai su trouver les mots, expérience oblige. Il a fini par me servir à quelque chose, ce père fantôme. On dit parfois que les histoires d'amour sont la rencontre de deux solitudes. Nous, c'était plutôt le choc des mascarades. Deux usurpateurs qui se démasquaient l'un l'autre. Pas besoin d'apprendre à lire la partition de chacun, nous connaissions déjà la musique, avec ses envolées et ses silences.

Puis il s'est mis à me parler de sa femme – ou plutôt de ce qu'il n'aimait plus chez elle. Sa dureté envers elle semblait à la hauteur de sa déception envers lui-même. Il égrenait auprès de moi la liste des reproches qu'il ne lui avait jamais adressés face à face. Il y incorporait ici ou là quelques comparaisons entre elle et moi. J'ai trouvé cela curieux au début, mais comme ces parallèles étaient toujours à mon avantage, je l'ai laissé faire, oubliant que les péchés d'orgueil sont sans doute ceux que l'on paie le plus cher. Je le sentais profondément attristé par l'échec de son histoire d'amour, en colère aussi. Il faisait le douloureux constat d'avoir perdu cinq années de sa vie. J'ai eu de la peine pour lui, et comme une envie de le prendre dans mes bras et de lui dire que ça allait s'arranger. Maintenant qu'on s'était trouvés.

Tout me plaisait dans le regard que cet homme portait sur le monde. Un regard délicat mais acéré, sensible mais puissant, exigeant mais bienveillant. J'ai aimé déambuler dans les recoins de sa pensée. De la minute où nous nous retrouvions à celle où nous nous quittions d'un signe de la main, nous jacassions comme des gamines en goguette. Il ouvrait en grand les fenêtres de ma vie.

En guise d'accueil, il me posait invariablement les mêmes questions. « Comment vas-tu aujourd'hui ?

Comment te sens-tu ? » Des mots que la plupart d'entre nous balancent par convenance, mais qu'il prononçait comme si rien sur terre n'avait plus d'importance. Insignifiants au premier abord mais bien plus redoutables qu'ils n'y paraissent. Surtout quand on ne les a pas entendus depuis si longtemps, du moins pas comme ça, pas pour de vrai. Je dois avouer que ça m'a plu que quelqu'un me regarde le nombril. Dans la course insensée de la vie, je m'étais sûrement un peu perdue de vue. Trop de choses à gérer, trop de gens à porter. Et tout à coup cet homme, avec ses questions idiotes, qui débarque dans mon existence et se penche sur ma boîte de Pandore, sans même avoir peur de ce qui bouillonne à l'intérieur.

J'avais l'impression que nous ne ferions jamais le tour de nous deux. Il me fallait le rencontrer avec minutie. En attendant l'heure de sortir le chien, j'échafaudais dans ma tête une infinité de questionnaires auxquels il se pliait de bonne grâce. Rien de très compliqué au début :

Ta chanson préférée ?

Ton endroit préféré sur terre ?

Ton livre préféré ?

Ton plat préféré ?

Ton film préféré ?

Ta saison préférée ?

Ton plus vilain défaut ?

Ton moment préféré de la journée ?

À cette question-là, il a répondu en plantant ses yeux noirs dans les miens : « Mon footing quotidien. »

En arpentant les rues du 17e, nous sommes partis à la découverte l'un de l'autre. Nous nous sommes amusés à nous poser des questions de plus en plus incongrues sur des détails auxquels nous accordions la plus grande attention : les prénoms de tes tantes, le nom de ton école maternelle, de ta maîtresse de CP, de ton premier flirt, ta plus mauvaise note au bac… Nous voulions entrer dans nos vies en passant par la petite porte.

Il n'y avait pas de limite à notre exploration réciproque et nous nous enfoncions de plus en plus dans une intimité que, aveuglée par mon enthousiasme, je ne pensais pas déplacée. J'étais ébahie par la facilité avec laquelle je me livrais à lui. Être à ce point connue d'un inconnu n'avait aucun sens et le jeu, qui pouvait s'avérer dangereux, aurait dû m'effrayer en temps ordinaire. Mais je me sentais protégée par mon statut de femme mariée et par les circonstances, qui n'avaient rien d'ordinaire.

Un jour où nous entamions la rue Pierre-Demours, il a sorti de son short une feuille de papier qu'il a pris un malin plaisir à défroisser lentement.

— C'était la fête du Travail hier alors pour fêter ça, j'ai bossé, a-t-il dit, malicieux.

— Ah bon ? Tu as trouvé un innocent à faire sortir de prison ?

— Non, j'ai trouvé une jeune femme à asticoter. Il n'y a pas de raisons après tout. Vous aussi, Madame, vous allez être passée au crible !

Et il a commencé à parcourir son questionnaire :

Ton dernier fou rire ?

Le truc le plus fou que tu ferais par amour ?

La personne que tu emmènerais sur une île déserte ?

Qu'est-ce qui te fait vibrer ?
Qu'est-ce que tu ne veux pas regretter ?
À quoi tu penses en t'endormant ?

D'abord, j'ai jubilé d'avoir trouvé quelqu'un d'aussi loufoque que moi, quelqu'un qui avait assez d'appétit pour autrui pour être capable de se délecter d'un tel petit jeu. Cette similitude entre nous m'a fait sourire, un sourire qui s'est vite transformé en rictus. J'ai fermé les yeux et l'ai imaginé avec son crayon à la main, en train de se creuser la tête sur son bout de papier. Cette image m'a bouleversée. Autant qu'elle m'a fait mal. Peut-être parce qu'elle sonnait comme un écho à toutes les questions qu'on ne m'avait jamais posées.

Pour les quatre dernières réponses, j'ai dû me concentrer très fort pour ânonner quelques banalités : « mes enfants », « la musique », « ma jeunesse », « à ma journée du lendemain ». Je ne sais pas comment j'ai réussi à ne pas crier « toi », « toi », « toi » et « toi ». Il était temps de se rendre à l'évidence : je m'étais laissée déborder.

*

Par une belle journée de mai, sur la place du Maréchal-Juin, nous nous sommes embrassés.

*

J'ai une double vie. En apparence, rien n'a changé dans ce monde où tout est différent. Je me lève, je prépare le petit déjeuner, nous faisons « l'école à la maison », je découvre comme beaucoup que maîtresse, c'est un métier et qu'il faut déployer des trésors de patience pour enseigner l'orthographe ou le calcul à nos enfants, je passe la serpillière, j'appelle ma mère qui s'angoisse, je dis à Antoine d'appeler la sienne, nous mangeons les premières asperges, les premières fraises, nous échafaudons des plans pour fuir à la campagne, nous faisons l'amour, nous nous engueulons, nous jouons à La Bonne Paye, je regarde mes copines faire du yoga sur Insta alors que moi je trouve à peine le temps de me doucher. Un quotidien normal dans une époque anormale.

Mais dans ma tête, c'est le feu et la tempête. Moi qui croyais m'être constitué une vie bien ancrée, me voilà détrompée, puisqu'il a suffi d'un « à demain » pour que ça pétille, ça bouillonne, ça pétarade, ça exulte, ça tsunamise. J'ai l'impression qu'on a installé un laboratoire de chimie dans mon cerveau. Personne ne peut s'en rendre compte, heureusement. Il y a bien longtemps que j'excelle dans l'art de la dissimulation. Je n'en suis pas moins devenue une amoureuse compulsive et frénétique qui ne me ressemble pas. À moins que ce ne soit ça, ma vraie nature, et que tout ce temps, je ne me sois abusée. J'aimerais pouvoir dire que je suis habitée par quelqu'un d'autre, qu'un corps étranger a pris possession de mon être, plaider l'irresponsabilité pénale. Mais la vérité, c'est que je ne me suis jamais sentie autant moi-même. J'étais devenue ma propre caricature et ce bienheureux tour du destin me permet de renouer avec celle que je suis vraiment. Avais-je à ce point peur de ressembler à ma mère que j'avais tué l'âme passionnée qui dormait en moi ? Visiblement j'ai raté mon coup.

Mon seul exutoire à cette frénétique effervescence, c'est la rêverie. Pour optimiser le temps trop court qui nous est imparti – toujours cette obsession de l'efficacité, de la rentabilité –, je note dans ma tête ce que je veux lui raconter, ce qui m'a fait penser à lui (c'est-à-dire à peu près tout dans ma journée). Une petite expression mignonne d'un de mes enfants, un article que j'ai lu dans *L'Express* sur la situation sanitaire dans les prisons, la dernière chanson de Ben Mazué, la première chose que j'aimerais faire avec lui à la fin du confinement. En voilà un bon os à ronger, je me mets en boucle sur cette idée qui va m'occuper pendant quelques heures. Rien de mieux pour faire passer le temps jusqu'à notre prochaine rencontre. J'ai un petit carnet secret dans le tiroir de ma table de nuit, dans lequel je consigne nos futurs plaisirs partagés. Poser mes envies sur le papier, même si c'est un peu dangereux, m'aide à contenir l'embrasement dans ma tête. J'emporterai le carnet pour la balade et je lui énumérerai ce que nous allons faire ensemble, dans un après-confinement qui n'a pas encore de date et dont l'impalpabilité m'arrange bien :

– visiter le musée Rodin ;

– manger un bagel au *cream cheese* Philadelphia ;

– regarder une série Netflix, blottis dans le canapé (cette pensée me fait un peu honte étant donné que je passe mon temps à dire à Antoine qu'on regarde trop la télé) ;

– l'emmener voir la maison où j'ai grandi, et celle de ma grand-mère aussi ;

– trouver un cinéma qui joue *In the Mood for Love* et le convaincre qu'il n'y a rien de plus beau qu'un film de Wong Kar-wai ;

– aller prendre un thé au Ritz puisqu'il m'apparaît évident aujourd'hui que si je n'y suis jamais allée, c'est que je l'attendais ;

– boire un verre de trop et l'aguicher plus que la morale ne le permet ;

– lui présenter ma mère et voir dans ses yeux qu'il lui plaît.

Ces perspectives me ramènent à la réalité de notre situation. Il va falloir qu'on ait une discussion. Pour le moment, les annonces gouvernementales suspendent l'avenir. On joue à quelque chose qui n'existe pas encore, on s'aime d'un amour qui n'a ni forme, ni nom, ni réalité. Mais quel genre d'amants allons-nous devenir après ? De ceux qui se retrouvent dans un hôtel à l'heure du déjeuner ? Qui partent en week-end en prétextant un séminaire ? Très vite, je me rends compte de la brièveté de la liste de ce que nous pourrons être. Je ne quitterai pas Antoine, je le sais. Ce n'est voué qu'à une fin.

C'est un immense amour, et une toute petite histoire.

*

J'ai brûlé tout ce en quoi je croyais. L'honnêteté, la fidélité, la loyauté, le respect, ces belles valeurs dont j'aimais me prévaloir. Je les ai mises en boule comme un vieux journal et regardées se consumer, sans aucun remords. On ne peut pas éternellement se battre contre ce qu'on a dans le sang. Je me suis même adonnée avec joie à toutes les bassesses de l'adultère. Les SMS dans les toilettes, les excuses bidon pour ressortir de l'appartement, l'agressivité quand je sentais poindre un reproche ou une question suspicieuse (la meilleure défense étant l'attaque), les stratagèmes pour éviter le sexe avec Antoine. J'ai fait preuve en la matière d'une grande virtuosité, inventant à chaque fois des prétextes qui avaient l'air de ne pas en être. J'ai culpabilisé parfois, mais la plupart du temps je me suis trouvé de bonnes excuses, et, si je suis honnête, j'ai même jubilé de mon inventivité : « Ce n'est pas parce qu'on est mariés qu'on doit passer à côté du grand amour », « Tant que nous ne nous faisons pas prendre, nous ne faisons de mal à personne », « Je n'ai jamais fait un pas de côté dans ma vie, n'ai-je pas droit moi aussi à un peu de folie ? », « Antoine n'avait qu'à moins me négliger » – je dois avouer que rendre l'autre responsable de ses propres défaillances fonctionne à merveille pour apaiser sa conscience. Je me suis mise à mentir à tout bout de champ, à Antoine, aux enfants, et surtout à moi-même.

Je m'en suis voulu, bien sûr, mais pas tant que ça. Je n'ai jamais prétendu à l'honnêteté absolue ; la vie est trop complexe. Je vois la sincérité comme une direction, un chemin, plus que comme un état de fait. Et jusqu'ici, cette ligne de conduite me convenait. Sans m'interdire une éventuelle omission délicate ou un petit contournement de vérité, je suivais le cap de ma propre droiture. Mais en m'engageant dans un amour interdit, j'ai perdu ma boussole. Je m'endors chaque soir en pensant à un autre que celui qui est allongé à côté de moi. Et je réussis à me convaincre que ce qui est scandaleux, ce ne sont pas mes tromperies mais le fait de ne pas être étendue à côté de celui que j'aime. Je l'imagine, caressant mon corps autant que mes failles, bercée par l'espoir d'avoir trouvé celui qui enfin les pansera. Je n'ai pas l'impression de mentir puisque je ne me suis jamais sentie aussi proche de l'essence de mon être. En fermant les yeux, je répète en boucle ce mantra qui peut-être m'absoudra :

Je ne suis pas une menteuse. Je ne suis pas une menteuse.

D'autant plus que la vérité, je la connais. C'est vrai que je ne suis pas une menteuse. C'est bien pire. Je suis un mensonge.

2

> « Tu es pour moi un trésor plus chargé
> d'immensité que la mer et ses grappes. »
> Pablo Neruda, *Vingt poèmes d'amour
> et une chanson désespérée*[1]

Lille, mars 1996

Je me regarde dans le miroir de la salle de bains, et je ne me reconnais pas. Mon nez, ma bouche ne me sont plus familiers. C'est moi sans être moi. Je touche mon visage en essayant de me le réapproprier, mais cette autre dans la glace me fait tressaillir. J'ai le tournis. Et si elle avait tout inventé ? Et si je venais de découvrir non pas une incroyable histoire sur mes origines mais tout bonnement que ma mère est folle ? Parce que la question qui a tout déclenché, cette question stupide sur la couleur de mes yeux, je la lui ai

---

1. Trad. de C. Couffon et C. Rinderknecht, © Éditions Gallimard, NRF « Poésie », 2019.

posée des dizaines de fois. Et sa réponse m'a toujours pleinement satisfaite. Ma grand-mère avait les yeux marron, j'ai les yeux marron. Une logique génétique implacable. Pourquoi donc aujourd'hui allait-elle dévier de son discours habituel ? J'avais sauté dans un train tôt ce matin, abandonnant pour quelques heures la capitale et mes études. Ma sœur Sophie avait lâché son mari, et cette journée ne promettait rien d'autre qu'un anodin déjeuner mère-filles autour du fameux poulet dominical qui avait marqué notre enfance. Mais la petite voix intérieure qui a laissé échapper de la bouche de ma mère ce « chut » fatidique, accompagné d'un regard inquiet vers Sophie, en a décidé autrement. Quelle force de l'inconscient a provoqué cet index levé à la hâte qui nous a engouffrées sur la voie de la vérité ? *Ça* n'avait alors plus eu d'autre choix que d'être dit – mais pas maintenant. Pas en face de Sophie. *Ça* attendrait plus tard. Mais *ça* viendrait, et nous le savions désormais.

Pourquoi s'est-elle trahie comme une débutante après avoir gardé son secret pendant vingt ans ?

Le déjeuner s'est étiré jusque dans l'après-midi, des heures à bouillonner d'un silence imposé avant que je me retrouve enfin seule avec elle dans la voiture qui me ramenait à la gare. Et même là, lorsque je me suis installée à côté d'elle dans l'habitacle, le visage impassible, mais rongée d'interrogations, elle a ménagé le suspense encore quelques crucifiantes minutes. Peut-être voulait-elle profiter de nos derniers instants de normalité. Des quelques dernières secondes où mon père restait le mien. Enfin, elle a formulé la phrase qu'elle avait dû si souvent répéter dans sa tête : « Tu es le fruit d'un grand amour ma chérie. »

Ça a l'air joli, dit comme ça.

Mais une fois l'information développée, je dois me rendre à l'évidence : je suis surtout le fruit d'un grand mensonge. Mon père n'est pas mon père. Je ne sais pas qui a commencé à pleurer. Moi sûrement. Des sanglots gutturaux secoués de spasmes. Je suis surprise de cette réaction, mais je n'ai d'autre choix que de la laisser s'exprimer. Je ne réfléchis pas encore, je ne cherche pas à comprendre. J'ai mal, je ne suis qu'une immense douleur. Je sais dans ma chair que rien ne sera plus pareil. Je râle comme une bête. J'excrète un torrent de larmes, une marée visqueuse. Par les yeux, par le nez, par la bouche. Je laisse couler ce flot immonde qui sort de moi jusqu'à me sentir totalement vidée. Anéantie. Et puis lentement, dans un mouvement de balancier, je me calme. Je la regarde, elle pleure aussi. Elle est silencieuse, consciente d'avoir atteint un point de non-retour. Elle attend un signe que je ne peux pas lui donner. Pas encore. Nous sommes l'une à côté de l'autre dans cette voiture qui est le monde entier. Je ne sais pas combien de temps nous sommes restées là. Deux heures, trois peut-être. De l'autre côté de la vitre, il y a la vie des gens, la vie qui ne vient pas de basculer. Avec ses trains qui partent pour Paris sans me prendre à leur bord. J'ai raté celui de quinze heures cinquante-six, puis le suivant, et celui d'après.

« *Je sais qui c'est.* » Je trouve seule la réponse à une question que je ne me suis jamais posée. Jamais jusqu'ici, pas un seul fragment de seconde, je n'ai douté de mes origines. On dit que les secrets de famille sont toujours ressentis de façon plus ou moins consciente et qu'au moment de leur révélation, les principaux intéressés admettent souvent avoir vécu avec le pressentiment d'une vérité autre qui tout à coup fait sens. Moi je sais que je n'ai jamais su. Je n'ai pas enfoui de sentiment diffus, refusé de voir de quelconques indices, fermé les yeux sur telle ou telle incongruité. Et pourtant, après le cataclysme qui vient de déferler sur moi, je cite son nom sans ciller. Un nom étranger, un peu lointain, mais pas totalement inconnu. Un nom qui porte en lui l'ailleurs, l'amitié et le courage. Qu'est-ce qui fait qu'à ce moment précis, je me souviens de ce professeur, un exilé qui a fui une dictature dans les années 1970 pour s'installer en France ? Je ne sais plus d'où il venait exactement, peut-être du Chili ou d'Argentine. Mais je me rappelle qu'on m'a conté sa légende, celle d'un grand médecin, martyr en son pays, combattant de la liberté, réfugié à Lille, seul et sans le sou. C'est ma mère surtout qui m'en a parlé. Il travaillait avec elle à l'université quand elle était jeune. Luis. C'est ce prénom qui me vient à l'esprit. Indubitable et criant. Pourquoi ? Je ne le saurai jamais. Au milieu des larmes, je vois naître un sourire timide sur les lèvres de ma mère. Ça fait comme un arc-en-ciel sur son visage, un arc-en-ciel qui me dit que j'ai raison et qui trahit le soulagement qu'elle ressent de n'avoir pas dû prononcer elle-même son prénom. Je viens de l'aider à gravir la dernière marche qui la séparait de la vérité.

Tout, il me faut tout savoir. Après quelques minutes de K.-O., je me ressaisis et l'assaille de questions. On m'a caché un pan entier de mon histoire ; je vais devenir l'enfant la mieux renseignée du monde sur sa conception. Ma volonté de comprendre l'inexplicable se transforme rapidement en tyrannie de la transparence. J'exige les moindres détails de leur rencontre et de leur aventure. Où ? Quand ? Comment se sont-ils aimés ? Pourquoi ont-ils décidé de faire un enfant ? Quel jour et à quel endroit ai-je été conçue ? Quel genre d'homme est-il ? Pourquoi est-il parti ? Comment a-t-elle pu faire ça à Papa ? Rongée par la culpabilité et par le désir d'amoindrir le choc, elle se livre sans résistance à mon inquisition. Au fur et à mesure qu'elle me déroule sa version des événements, je la sens galvanisée par son envie de partager, de revivre même, ces moments pour certains encore bien vivaces. D'abord je refuse de me laisser embarquer dans le conte de fées qu'elle me décrit : je veux des faits, des dates, des explications. Je m'accroche à ces informations comme si seule la précision absolue pouvait m'apporter le salut.

Je m'acharne, repose les mêmes questions en les formulant autrement, tant pour vérifier la véracité de son discours que pour mieux appréhender l'inconcevable. Mais elle patine, elle s'embrouille. Tout ne concorde pas exactement, ses réponses sont évasives, certaines scènes ont un goût de réécriture. J'essaie d'en savoir un peu plus sur ce qu'il est devenu.

« Un grand homme politique », s'empresse-t-elle de m'apprendre, étalant glorieusement les quelques bribes de son *curriculum vitae* « de ministre » qui lui sont parvenues de loin en loin.

De guerre lasse, et parce que c'est la seule voie possible pour rester debout, je finis par abdiquer, par plonger à pieds joints dans la jolie fable aux contours un peu flous qu'elle me sert sur un plateau d'argent.

3

« Parfois tu t'enfonces, tu tombes
dans un trou de silence,
dans ton abîme tout d'orgueilleuse colère
et c'est à peine si tu peux
revenir, même en lambeaux,
de ce que tu as découvert
dans la profondeur de ton existence. »

Pablo Neruda, *Vingt poèmes d'amour et une chanson désespérée*

Montevideo, mars 1974

Luis voit la Jeep arriver à travers la fenêtre de sa cuisine. Les deux jeunes hommes qui en sont descendus doivent avoir vingt-cinq ans au plus. À leurs gestes incertains, à leurs mines rosées, il déduit que ces deux-là ne sont pas militaires depuis bien longtemps. Sûrement des employés de la banque ou de l'administration réquisitionnés par l'armée.

— Docteur Luis Forlàn ? Veuillez nous suivre s'il vous plaît.

Non, ça ne lui plaît pas, mais il sait bien entendu que cette formule de politesse est toute rhétorique. Il déteste leurs manières de bureaucrates, leur violence d'autant plus redoutable que tapie, sournoise. Il en viendrait presque à souhaiter une empoignade virile, une contrainte physique plutôt que cette fausse invitation qui le force à consentir, une fois de plus, à sa propre indignité. Il prend sa mallette et les suit, sans dire un mot. Trop conscient de ce que les deux prochaines heures feront de lui.

*

La première fois, il a eu très peur. C'était en juillet 1970, peu de temps après l'enlèvement de l'Américain Mitrione par les Tupamaros[1]. Les guérilleros du Mouvement de libération nationale accusaient cet agent du FBI d'enseigner des techniques de torture aux forces armées. Depuis quelque temps, ils avaient durci leur stratégie et s'étaient engagés dans une lutte de plus en plus violente contre le gouvernement. En fomentant des actions spectaculaires, ils espéraient mettre fin à la limitation des libertés civiles et syndicales, à l'ingérence croissante des États-Unis et de leurs affidés, les dictatures voisines, et à la crise économique.

1. Nés dans les années 1960 et particulièrement actifs dans les années 1970, les Tupamaros sont un groupement d'extrême gauche uruguayen qui pratique la guérilla urbaine pour dénoncer les mesures ultraconservatrices et autoritaires du gouvernement en place et, par la suite, tenter de renverser la dictature militaire.

À Montevideo, depuis des mois, l'ambiance était électrique. Le débat politique s'invitait dans les réunions familiales, dans les dîners entre amis, et encore plus à l'université où Luis donnait des cours aux étudiants en médecine. On pouvait palper dans l'air l'étau qui se resserrait, humer les premières effluves de cette dictature rampante. Luis et son entourage ne parlaient que de la vaste offensive des guérilleros et redoutaient la répression sanglante du président Pacheco. Chaque soir ou presque, le docteur retrouvait ses collègues et ses étudiants pour commenter fébrilement les nouvelles du jour, les rumeurs, les dernières infos échangées sous le manteau. La presse officielle accusait la guérilla de porter atteinte à la sécurité nationale et d'être manipulée par l'ennemi marxiste. Mais Luis et ses amis n'étaient pas dupes. Tous faisaient le même constat : la situation du pays empirait, le système financier s'était écroulé, le chômage et l'inflation galopante mettaient de plus en plus de gens sur le carreau. Les grèves des ouvriers et des étudiants étaient réprimées dans le sang, les droits individuels menacés par une classe politique corrompue et inflexible. Souvent lors de ces rassemblements, les esprits s'échauffaient. Les uns soutenaient la radicalisation de la résistance, les autres, dont Luis faisait partie, croyaient encore que la démocratie l'emporterait, que le peuple souverain aurait le dernier mot. Le médecin sermonnait parfois ses interlocuteurs, leur enjoignant d'avoir foi en leur pays et en ses institutions. Il prenait en exemple le Chili et sa coalition des gauches autour d'Allende, et terminait ses prises de parole par un laïus sur la supériorité du combat politique par rapport à celui des armes. Par la suite, il repenserait souvent à ces discussions enflammées. À sa grande naïveté aussi. Voilà à quoi lui auraient servi son pacifisme et son humanisme, songerait-il amèrement. À ne pas voir venir le pire.

La première fois, donc, c'était le début de l'été, un dimanche après-midi. Luis lisait tranquillement dans le salon quand il avait entendu le martèlement de poings lourds sur la porte d'entrée. Heureusement (se dirait-il plus tard), Nora et les garçons étaient partis rendre visite à la grand-mère. Alors que le deuxième coup succédait au premier, son cœur s'était arrêté de battre.

— Docteur Luis Forlàn, ouvrez !

Les questions s'étaient bousculées dans sa tête alors que la menace glissait dans ses veines comme un serpent, jusqu'à atteindre son cerveau. Que lui voulaient-ils ? Pourquoi lui ? Comment l'avaient-ils trouvé ? Était-il fiché ? surveillé ? Avait-il été dénoncé ?

Peu importait. On avait prononcé son nom, il était déjà coupable.

Le soldat était entré sans y avoir été invité et lui avait intimé :

— Je suis le sergent Manuelo Segura. Suivez-moi.

— Mais que se passe-t-il ? Suis-je en état d'arrestation ? Je n'ai rien fait…

— Allons-y. Vous en saurez plus là-bas.

— Où ça, là-bas ?

Pour seule réponse, le militaire avait attrapé Luis par le bras.

À l'arrière de la Jeep kaki, le silence pesait lourd. Aucun mot n'avait été échangé, aucune explication donnée. Pour calmer sa terreur, Luis se répétait qu'il n'avait rien fait de mal, que son discours avait toujours été mesuré et qu'à sa connaissance il n'avait pas d'ennemi susceptible de vouloir sa perte. Mais ces tentatives de se convaincre que tout irait bien n'étaient précisément que ça : des tentatives.

Nora allait mourir d'angoisse en trouvant la maison vide à son retour. Il aurait dû demander l'autorisation de lui laisser un mot. Essayant en vain de diluer ses inquiétudes, il s'était plongé dans la contemplation du paysage, regardant défiler derrière la vitre les grandes avenues de la capitale. Ça ne l'avait guère soulagé, mais la familiarité des rues restait bienvenue au milieu de ce cauchemar. Puis d'un seul coup, il n'avait plus reconnu la route. Cette perte de repères n'était pas qu'une mauvaise surprise, elle avait eu sur lui l'effet d'un véritable naufrage. Le voilà comme au fond de l'océan, là où il ne reste ni lumière ni son.

Ni espoir.

Il avait repensé aux sordides histoires d'enlèvements et de disparitions qui s'insinuaient parfois dans les conversations de ses amis et collègues, ces histoires auxquelles il refusait de croire. Ou tout au moins qu'il préférait ne pas entendre. Quelques minutes plus tard, la voiture s'était arrêtée devant un grand portail en métal avant de s'engouffrer dans une cour en terre sablée.

— Dites-moi où nous sommes.

Il avait voulu l'assener comme un ordre, c'était sorti comme une supplique.

— À la caserne, descendez.

Le soldat l'avait accompagné jusqu'à l'entrée et confié quelques minutes à un autre garde qui l'avait fouillé sommairement et l'avait « rendu » au sergent Segura. La gorge sèche, Luis avait senti la transpiration se coller sur son maillot de corps, sa tempe battre la chamade. Après avoir arpenté d'interminables couloirs, Manuelo Segura s'était arrêté devant une porte en bois et y avait toqué distinctement. Le docteur, le visage hâve, était entré dans le grand bureau comme on va à l'échafaud et s'était trouvé immensément soulagé d'y tomber nez à nez avec la bouille ronde et luisante de l'un de ses patients, Quique Lopez, qui l'avait accueilli à bras ouverts. Luis avait savouré ce bref répit. Il connaissait bien cet homme qu'il suivait pour des problèmes de cholestérol et d'hypertension dus entre autres à une hygiène de vie déplorable. Il savait que c'était un militaire mais l'avait toujours trouvé plutôt sympathique, quoiqu'un peu infatué de sa propre personne. Par instinct de survie, face à cette présence familière, aussi étrange qu'inespérée, Luis avait réussi à rassembler ses esprits et décidé de se comporter avec lui comme avec un ami, comme si rien du décor martial qui les entourait n'existait plus, comme s'il ne s'agissait que d'une consultation de routine. Cette posture ne le protégerait peut-être pas, mais elle lui donnait une contenance qui l'aidait à tenir debout et à cacher ses jambes flageolantes.

— Ah, bonjour docteur ! Comment allez-vous ? Je vous prie de nous excuser, mon collaborateur et moi-même, de vous avoir importuné un dimanche, mais vous savez ce que c'est, le devoir n'attend pas !

Interloqué par l'obséquiosité de son interlocuteur, Luis n'avait pas répondu. Ce devait être le kidnapping le plus poli de l'histoire.

— Je vous offre un maté ? Je sais que vous adorez ça. Avant d'en venir aux choses sérieuses, il faut que je vous parle de mon dos. Il me fait toujours un mal de chien. Est-ce que vous pouvez y jeter un coup d'œil ? Vous voyez, c'est juste là, à droite de ma colonne, entre les deux omoplates. Qu'est-ce que c'était déjà que ce médicament miracle que vous m'aviez prescrit la dernière fois ?

— Un décontractant, avait ânonné Luis en s'approchant, alors que l'officier qui l'avait accompagné se précipitait à ses côtés pour lui remettre une mallette de médecin qu'il avait instantanément reconnue.

La sienne.

Tout en se demandant par quel tour de passe-passe elle l'avait suivi jusqu'ici sans qu'il s'en rende compte, et surtout pourquoi ce type se l'était coltinée, il l'avait ouverte, en avait sorti une feuille de papier à en-tête sur laquelle il avait écrit machinalement le nom du fameux médicament, et enfin, avait commencé à ausculter son patient qui, à en juger par les barrettes sur sa veste, avait pris du galon depuis leur dernière conversation.

Il y avait quelque chose d'irréel dans cette consultation improvisée, dans la répétition de ces gestes si calmes et si maîtrisés au cœur de ce qui prenait de plus en plus l'apparence d'une prison. Pris de vertiges, Luis s'était abandonné au soin jusqu'à ce que les contours de la pièce semblent s'effacer. C'était tout ce qu'il savait faire. C'était tout ce qu'il pouvait faire. Après ce qui aurait pu être deux minutes ou deux heures, Lopez soupira :

— Vos mains sont magiques… Merci beaucoup docteur, ça va déjà mieux ! Vous pouvez signer maintenant.

— Signer quoi ?

— L'attestation. Un de nos « invités » a fait une crise cardiaque cet après-midi.

Luis avait saisi le document que lui tendait Lopez, les doigts tremblants, dans un mélange de curiosité et d'effroi. Avait-il seulement envie de savoir pourquoi il était ici ?

Je, soussigné Luis Forlàn, diplômé de l'Université de la République, certifie en ma qualité de médecin généraliste que M. Edmundo Arzuaga, âgé de 21 ans, est décédé ce jour d'une crise cardiaque résultant d'un souffle au cœur.
Heure du décès : 16 h 50.

— Mais Monsieur…

— Commandant, l'avait interrompu Lopez.

— Commandant, je ne peux pas signer cette attestation, je n'ai même pas vu le patient.

— Allons, allons, pas de coquetterie déplacée, ce n'était qu'un ennemi de l'État. Allez, signez et Manuelo vous raccompagne. Par les temps qui courent, ce n'est pas une bonne idée de laisser sa femme et ses enfants tout seuls. Comment vont Eduardo et Juan, d'ailleurs ?

Il avait prononcé leur nom avec délectation. Comme des gourmandises. Ils savaient l'un comme l'autre que jamais Luis n'avait parlé de ses enfants à son patient.

Tout à coup le rapport entre le médecin et son malade s'était inversé. La menace faisait vibrer un petit sourire de contentement sur le visage de Lopez. Lui dont le petit corps souffrant et potelé l'avait soumis des années durant à la bonne volonté des sachants, voilà qu'il était devenu puissant ; il détenait l'autorité, il était l'autorité. Enseignants, étudiants, syndicalistes, professions libérales, tous lui mangeaient enfin dans la main. Dans son bureau, il les voyait défiler, défaits par la peur, bégayants, soumis. Lui, le fils de petits paysans du Tacuarembó, il était désormais l'honneur de sa famille, l'honneur de la nation, voué à restaurer l'ordre contre cette vermine communiste et séditieuse qui menaçait le pays, à rendre à l'Uruguay ses lettres de noblesse. En attendant, il en avait fini avec le médecin. Il était temps que cet entretien s'achève. Il l'aimait bien, son docteur, mais il le savait bercé d'illusions, comme tous ces parasites d'intellectuels. Il n'était d'ailleurs pas totalement certain de son éthique politique – avec ces diplômés, on ne sait jamais, on risque toujours de trouver un fond de socialisme en grattant –, mais dans sa mansuétude, il avait décidé de lui offrir une chance de prouver son patriotisme. Et ça n'allait même pas lui réclamer le moindre effort : il lui suffirait d'un petit trait de stylo pour se considérer comme étant à l'abri à vie.

Mais rien. Le bougre s'obstinait et ne signait pas. À ce stade, c'était soit de la bêtise, soit du suicide. Il aurait suffi pourtant de si peu. Contenant difficilement son agacement face au peu de gratitude de son interlocuteur, le commandant s'était lancé dans une diatribe condescendante qui se voulait amicale mais n'était parvenue qu'à crisper davantage le médecin :

— Vous savez, mon cher Luis - vous permettez que je vous appelle par votre prénom ? Nous sommes comme qui dirait collègues maintenant. Vous et moi voulons la même chose, sortir notre pays du chaos. Recouvrer le bonheur et la quiétude qu'ont connus nos parents. L'armée est une mère pour notre nation ; elle se doit de ramener dans le droit chemin les brebis égarées qui, manipulées par nos ennemis extérieurs, se perdent dans l'agitation sociale et la trahison. Aujourd'hui, nous sommes au bord de l'implosion, tout cela à cause de nihilistes libertaires qui veulent mettre notre pays par terre. Mais dès que l'ordre sera rétabli, l'armée se retirera. Comme vous, nous sommes de fervents démocrates.

Luis, sonné, entendait ces billevesées comme un bruit de fond, une musique d'ambiance. Dans sa tête résonnait encore et encore le nom de ses enfants prononcé par la voix du commandant. À la fois absent de cette conversation et focalisé sur son seul but, rentrer à la maison et protéger les siens, il avait titubé. Presque en transe, il avait demandé d'une voix atone :

— Où dois-je signer ?

Vexé d'avoir été interrompu dans sa dissertation sur la vie politique du pays et néanmoins satisfait de constater une fois encore sa grande capacité de persuasion, Quique Lopez avait tapé un grand coup dans le dos de Luis :

— Je savais que je pouvais compter sur vous.

Les dents serrées, revenu à lui-même, Luis avait répondu en le regardant droit dans les yeux, comme pour retrouver son autorité de jadis sur cette brute bouffie d'orgueil et de prétention :

— Commandant Lopez, vous savez que je ne suis pas médecin militaire. Je soigne les civils, je ne suis pas compétent pour ce genre de mission. La prochaine fois, adressez-vous à l'un de mes confrères de l'armée.

— Mon cher Luis, ne vous sous-estimez pas. Vous avez remarquablement accompli ce travail. Nous aimerions tous pouvoir nous concentrer sur ce pour quoi nous sommes faits, mais en ces temps de crise nationale, nous devons nous soumettre à l'intérêt général. C'est la patrie qui décide de nos compétences ! Moi-même, ne croyez pas que j'éprouve du plaisir à ces fonctions, mais je porte ce sacerdoce pour mon pays, pour mon peuple. Je ne doute pas qu'à l'appel de la nation, vous serez en première ligne. À bientôt donc. Et, docteur, une dernière chose…

Luis avait levé la tête, le regard vide.

— Merci pour la prescription !

Manuelo avait reconduit Luis chez lui. La route lui avait paru une éternité. Par la fenêtre, le médecin avait aperçu Nora et les enfants attablés dans la cuisine. Une image d'Épinal dont il se sentait désormais exclu. Il savait à présent qu'il existe deux mondes, celui des vivants et celui des gens qui font ce qu'il venait de faire.

En entrant dans la maison, il avait longé le grand couloir menant à la salle de bains, évitant soigneusement au passage de tourner la tête vers la cuisine pour ne pas sentir les regards inquiets de sa femme et de ses fils, qui l'avaient suivi jusqu'à ce qu'il disparaisse derrière la porte. Là, il s'était lavé les mains sans affronter le miroir non plus puis était venu s'asseoir à la table familiale où l'attendait son assiette encore chaude. Sans lever les yeux, il avait dit :

— N'en parlons pas.

Il avait mangé en silence et sans appétit les croquettes de viande de Nora.

Ce soir-là, les garçons ne s'étaient pas disputés au moment d'aller se coucher, pas plus qu'ils n'avaient fait enrager leur mère comme ils aimaient pourtant tellement le faire, trouvant moult prétextes pour retarder un peu l'heure de l'extinction des feux. Et pas une fois par la suite sa famille n'avait dérogé à l'injonction paternelle. Se taire pour ne pas donner corps à la honte.

Dix jours plus tard, Manuelo était revenu le chercher. Puis la semaine suivante, de nouveau. Et encore, et encore. Chaque fois le même rituel. Parfois, il ne voyait même pas le commandant. Les détenus de la caserne avaient visiblement une santé très fragile. Au début, il lisait les comptes rendus : crise cardiaque, malaria, grippe, thrombose, embolie pulmonaire… Puis avec le temps, il s'était mis à agir en automate. Ça ne facilitait en rien sa tâche, mais ça évitait de la rendre plus pénible. Mains froides, gestes rigides, lèvres closes. Il entrait, signait, rentrait chez lui. Parfois, pendant plusieurs mois, pas de nouvelles. Alors il se prenait à espérer que c'était fini, qu'ils avaient trouvé un autre médecin ou que le commandant s'était lassé de lui, que son hypertension le laissait enfin en paix. Il suivait avec anxiété les informations à la radio, tant pour décrypter l'actualité politique que pour savoir à quelle sauce il allait être mangé. De l'élection du pleutre président Bordaberry à la dissolution du Parlement par la junte militaire, le pays s'enfonçait chaque jour un peu plus dans la nasse mais lui ne pensait qu'à Manuelo. Manuelo qui n'allait pas tarder à revenir frapper à sa porte. Jamais il n'a évoqué ses visites à la caserne à qui que ce soit. L'idée de partager l'ignominie avec sa femme ou l'un de ses amis ne l'a effleuré à aucun moment. Plutôt que le soulager, ça l'aurait achevé. Son seul rempart contre le dégoût de lui-même et le désespoir consistait à consigner dans sa tête chaque nom, chaque signature. Vingt-trois en tout, vingt-trois pactes avec le diable, vingt-trois infâmes paraphes.

Edmundo Arzuaga
Federico Robaina
Miguel Blanco
Amadeo Diaz
Fausto Gómez
Marcelo Pereira
Luis Chiesa
Eduardo Macedo
Marco López

Alicia Dos Santos
Esteban Méndez
Aquilino Costa
Cesar Duarte
Juanito Vera
Chico Ramírez
Cristóbal Ortiz
Gloria Cabrera
Silvia Molina
Enrique Aguirre
Joaquín Dávila
Francisco Giménez
Manolo Cruz
Andres Morales

Par la suite, alors que les séances se poursuivraient, que les retours donneraient toujours naissance à d'autres allers, que les papiers continueraient d'être signés, mensonge après mensonge, il se persuaderait qu'en se forçant à se souvenir du nom de ses « patients », il leur rendrait un semblant de dignité. Qu'il absoudrait sa faute, aussi. Quand les choses seraient calmées, il irait voir les familles, il leur devait bien la vérité. Il leur expliquerait qu'il était lui aussi une victime. Mais victime de quoi exactement ? Avait-il seulement été menacé, bousculé, frappé, violenté ? Sur l'échelle de l'horreur, il était tout en bas. Prétendre avoir connu la même souffrance que ces malheureux serait pire que faux : indécent. Alors ? Victime de quoi ? Victime de la terreur, répondrait-il, humble et sombre. Victime de ce sac sur la tête que portaient les prisonniers épouvantés qu'il croisait parfois en arrivant à la caserne et que tout le pays portait avec eux. Pour être sûr de ne pas oublier, il réciterait leurs noms dans sa tête le soir avant de s'endormir, ou plus exactement avant de passer la nuit à chercher un sommeil qu'il ne trouverait pas, qu'il ne trouverait plus avant de nombreuses années.

Mais ces patronymes n'étaient que des lettres sur une attestation, des fantômes qui le hanteraient. Jusqu'au jour où il rencontrerait Maria. Avec elle, ce serait différent. Elle serait bien réelle, faite de chair et de sang.

Et de larmes aussi.

4

« Tout n'était plus que vide, et que mort et silence,
chute dans l'abandon et tout était déchu,
inaliénablement tout était aliéné. »

Pablo Neruda, *La Centaine d'amour*

Montevideo, mars 1974

Maria est heureuse en ce dimanche encore estival où elle se rend à l'unité militaire du bataillon d'infanterie n° 8, que les Montévidéens appellent « la Caserna ». Elle a passé la journée avec Marcelo à la Playa de los Ingleses. Vannée par le soleil, le sel et le vent, les cheveux bouclés par les embruns et la peau brunie de lumière, elle a renoué avec son état de nature, loin de la sophistication que lui impose son poste à la mairie. Elle se sent légère, libre et forte. Elle a toujours aimé ces dimanches à la mer. Le bruit des vagues, les enfants qui jouent, insouciants, voués à l'instant présent, les vieilles femmes qui palabrent dans leurs robes fleuries à l'abri des parasols, les parties de foot interminables des hommes... Quand elle était petite, elle a passé des journées entières dans l'eau avec son cousin Fabrizio. Ils plongeaient en apnée, de plus en plus profond, pour rapporter de beaux coquillages à leurs mères qui n'interrompaient leurs conversations que pour surveiller leurs deux sauvageons et admirer les trésors de pirate qu'ils avaient vaillamment récoltés pour elles. Au soleil couchant, elle se blottissait contre son père. Là, sur la serviette, ils entamaient de longs conciliabules sur la vie, la famille, son avenir qu'elle n'imaginait que radieux... et elle espérait que cet instant durerait toute la vie. Sur le chemin de la plage, elle a raconté à Marcelo pour la centième fois ces moments de joie. Il connaît toutes ces histoires par cœur, leur crique préférée, le nom des amis de ses parents, le jour de la pêche miraculeuse avec Fabrizio, leurs jeux dans la mer, les discussions avec son papa... mais il l'écoute encore et encore car il sait que la simple évocation de ces heureux souvenirs la réjouit. Il aime son aptitude au bonheur, sa capacité à s'enthousiasmer de petits riens, à se délecter aussi bien du présent que du passé. Inspiré par sa bien-aimée, il s'efforce de cultiver la même légèreté, lui qui est toujours un peu sous tension, gangrené par une inquiétude diffuse qui le quitte rarement. Ce jour-là, c'est dans le futur que les rêveries de sa jeune épouse les ont propulsés. Un futur encore impalpable pour lui, presque irréel, mais auquel Maria ne cesse de penser avec une exultation profonde depuis la seconde où elle a su.

— Je comprends que, par superstition, tu ne veuilles pas qu'on en parle, mais ça fait plus de trois mois maintenant. Le bébé est en pleine forme, tout va bien se passer. Et d'ailleurs j'ai réfléchi, quand il sera là, il faudra vraiment qu'on vienne plus souvent à la plage. On habite à peine à trente minutes d'ici et on ne vient même pas une fois par mois ! Tu te rends compte que dans le monde entier, des gens nous envient ? Ils rêveraient de vivre aussi près de la mer. Je le vois déjà, notre petit Ernesto, gambader sur le sable chaud.

Marcelo a laissé échapper un sourire.

— Ah tu vois, ça y est, Monsieur arrive enfin à se projeter, le taquine-t-elle. Bon, alors j'en profite pour te dire que si c'est une fille, j'ai pensé qu'on pourrait l'appeler Ana, tu trouves ça joli ?

Sans même lui donner l'occasion de répondre, Maria attrape la main de son mari pour la poser sur son ventre. Elle lui dit d'un air presque conquérant :

— On sera bien tous les trois.

C'est vrai, Marcelo n'aime pas parler du bébé. Et pourtant, il y pense souvent lui aussi.

Que personne ne s'y trompe. S'il répugne à évoquer l'enfant, ce n'est pas par désintérêt, mais par une crainte viscérale du mauvais œil. Et si elle faisait une fausse couche ? Et si l'accouchement se passait mal, comme pour sa tante Alberta ? La nuit, parfois, il est encore hanté par l'image qu'on lui a rapportée de la jeune parturiente gisant dans son propre sang, emportée par une hémorragie que son oncle, courant aveuglément d'hôpital en hôpital pour récolter le sang des vivants, n'a pas pu arrêter. Le nourrisson a été sauvé, mais Marcelo sait déjà que si lui-même devait choisir entre sa femme et son enfant, il opterait pour la première sans hésiter. Pourtant il sent poindre dans son cœur une chaleur qui ressemble à de l'amour pour cet enfant qui n'existe encore qu'à peine, mais il se raisonne, luttant pour garder une certaine distance qu'il juge de précaution. Encore plus avec les événements actuels… Dans quel monde va naître ce petit ? Maria, elle, s'est jetée à corps perdu dans cette grossesse. Toute son âme, tout son être, toute sa tendresse enrobent ce fœtus, à tel point qu'elle le croit protégé par la main heureuse du destin. Et Marcelo n'a pas le cœur de la détromper. Même si les années lui ont appris que ne pas penser au drame ne l'empêche en rien de s'inviter dans nos vies.

« Ne t'inquiète pas, j'ai une bonne étoile », lui répète-t-elle à chaque fois qu'il essaye de lui expliquer que son refus d'évoquer l'enfant n'est pas lié à un rejet mais à ses sourdes angoisses. « Et je veux bien la partager, elle brille aussi sur toi et sur notre bébé », ajoute-t-elle en riant.

C'est précisément ce qu'elle est en train de lui dire quand Sylvia, la voisine d'en face, accourt vers eux, tordant sa tête dans tous les sens comme si quelqu'un la suivait dans la rue. Marcelo sent son estomac se retourner en la voyant rougie par l'inquiétude.

— Mais vous étiez où ? Ça fait une heure que je vous guette ! Maria, ils sont venus te chercher.

— Qui donc ?

— Les militaires.

— Quoi ? Mais non, c'est impossible. Il doit y avoir une confusion.

— Je les ai entendus crier ton nom en tapant sur la porte.

— Non, non, ils ont dû se tromper, répète la jeune femme. Je vais aller leur expliquer.

— C'est hors de question, intervient Marcelo.

— Mais enfin mon amour, que veux-tu que je fasse ? On ne va pas attendre qu'ils reviennent ce soir et réveillent tout le quartier !

— Non, tu ne peux pas aller là-bas, c'est trop dangereux.

— Ce serait dangereux si j'avais quelque chose à me reprocher. Allez viens, on y va. Dans moins d'une heure, on sera rentrés et je te ferai couler un bon bain pour te débarrasser de tout ce sable que tu trimballes dans les cheveux, promet-elle en lui passant amoureusement les doigts dans la tignasse. Merci de m'avoir prévenue Sylvia, à tout à l'heure.

La voisine leur fait un signe de la main et traverse à nouveau la rue dans le sens opposé. Maria a raison, elle s'est sûrement inquiétée pour rien. Elle s'en veut un peu d'avoir cédé à la panique. En regardant les amoureux prendre la direction de la caserne, main dans la main, elle se dit que ces deux-là ont vraiment beaucoup de chance.

*

— Bonjour, je suis Maria Magdalena Doloresa. Je vis au 4945 rue Manuel-Calleros. On m'a dit qu'une patrouille était venue me chercher cet après-midi. Que puis-je faire pour vous ?

L'officier, sidéré par la sérénité de cette jolie jeune femme en robe de plage et sandales, voit de la désinvolture et même de la provocation dans cette question. Il fait signe à un soldat de s'approcher et lance à Maria avec une colère froide :

— Un mandat d'arrêt a été lancé contre vous. Nous avons des questions à vous poser sur des activités illicites et antiétatiques mises à jour au sein du bureau du maire. Vous allez être mise en détention.

Et le soldat s'approche de Maria pour lui attacher les mains, enfilant sur sa tête un sac noir qui aussitôt la fait suffoquer. Elle entend l'officier lâcher d'un ton dédaigneux :

— *A la sala de disciplina.*

Et Marcelo crier :

— Vous n'avez pas le droit ! Laissez-la partir, elle n'a rien fait ! Que lui reproche-t-on exactement ? Maria, ne t'inquiète pas, je reste là. J'appelle un avocat. Maria…

La *sala* est une cellule de quatre mètres sur trois sans fenêtre, dans laquelle ne se trouvent qu'une paillasse et un seau. Mais Maria ne le sait pas, puisqu'elle porte toujours sur la tête cette cagoule en tissu rêche. Elle a très chaud au visage, tandis que le reste de son corps grelotte. Le garde la pousse violemment en lui intimant l'ordre de lever les bras à l'horizontale et de tourner ses paumes contre le mur. Elle a peur. Elle commence à pleurer.

— Qui êtes-vous ? Qu'est-ce que j'ai fait ? Je n'ai rien fait de mal. Il doit y avoir une erreur.

— Oui, c'est ça. C'est ce qu'ils disent tous.

En la singeant, il fait mine de poursuivre sa phrase :

— « Il doit y avoir une erreur, je suis innocente, moi... » C'est fou, le nombre d'innocents qu'on arrête...

— Non mais Monsieur, je vous jure...

Elle s'arrête net, glacée par ce qu'elle est en train de sentir. Un objet long, dur et froid, certainement le canon d'un fusil, qui monte sur l'intérieur de ses cuisses. Dans un réflexe, elle resserre les jambes.

— Écarte.

— Arrêtez. Qu'est-ce que vous faites ?

Elle sent sa robe d'été se relever, exposant sa culotte et ses fesses aux yeux de son agresseur. Le bout du canon s'arrête contre son sexe. Elle pleure maintenant à gros sanglots, la cagoule se remplit de larmes et de morve qui collent contre son visage. Son corps convulse, mais elle garde les bras levés et les jambes écartées. Au bout de quelques minutes, elle entend le garde se reculer.

— Ne bouge pas, tu dois garder cette position jusqu'à ton interrogatoire, ça te mettra les idées au clair avant de voir le commandant.

Maria reste immobile de longues minutes. Elle commence à se calmer, malgré ses pensées embrouillées de spasmes, de peur et d'incompréhension. Comme une incantation, elle murmure dans sa tête : « C'est une erreur, ils vont s'en rendre compte, Marcelo s'occupe de me faire libérer. C'est une erreur, ils vont s'en rendre compte, Marcelo s'occupe de me faire libérer. C'est une erreur... » Petit à petit, elle sort de son étourdissement et prend conscience de son environnement. Elle ne peut rien distinguer à travers la cagoule qui l'empêche de respirer mais en baissant légèrement la tête, elle entrevoit le sol bétonné. Sans même qu'elle ait à le leur commander, ses oreilles se mobilisent pour lui apporter le peu d'informations dont elle va disposer pour les heures à venir. La respiration du garde lui indique qu'il doit se trouver à deux mètres d'elle. De la direction d'où elle perçoit son souffle rocailleux, elle déduit qu'il est assis. Trop effrayée, elle ne s'était pas encore rendu compte que cet endroit était en proie à un vacarme assourdissant. Elle comprendra vite que la promiscuité sonore entre les détenus joue un rôle crucial dans la stratégie d'intimidation et de terreur à laquelle ils sont soumis.

Dans la cellule voisine de la sienne, sur la droite, un homme pleure, ou plutôt brame, dans d'incessants gémissements où l'animal semble avoir défait l'humain. Tant et si bien qu'après l'avoir pris en pitié un court instant, elle aura bientôt envie de lui aboyer dessus pour qu'une minute, rien qu'une minute, il lui accorde un peu de silence. La cellule de gauche lui semble vide. Un peu plus loin, elle entend des voix d'hommes. Elle ne comprend pas ce qu'ils se disent, mais visiblement l'un d'entre eux raconte une histoire comique car de temps à autre, ils éclatent de rire. Plus loin encore, dans l'autre bâtiment, une femme se met à hurler. Un cri de douleur qui lui sort des entrailles. Un râle profond qui s'éteint dans la nuit avant de se répéter trois fois.

Puis plus rien. Elle ne distingue aucun bruit venant de l'extérieur. Pas un son ne lui parvient de la ville, ni les klaxons des voitures, ni les premières notes de musique des bars de la Ciudad Vieja qui doivent pourtant commencer à se remplir, non loin d'ici. Il doit être près de vingt heures. Et cette pensée lui traverse l'esprit : « Je vais être crevée au bureau demain. » Au bout de quelque temps, ses épaules commencent à fatiguer. Le souffle de son gardien s'étant fait plus lourd, elle l'imagine moins vigilant. S'est-il endormi ? Alors tout doucement, le plus imperceptiblement possible, dans un non-mouvement, elle baisse les bras. Quelques millimètres d'abord puis, ragaillardie par l'absence de réaction du militaire, de deux ou trois centimètres. Elle se sent tellement soulagée qu'elle laisse s'échapper un léger soupir de plaisir. Ses genoux aussi lui font mal. Elle resserre un peu ses jambes.

Un beuglement déchire son illusion de répit. Il n'y a jamais eu de sommeil. Il n'y a jamais eu d'espoir.

— Écarte, salope !

— Pitié, laissez-moi m'allonger, je suis enceinte.

— Te fatigue pas, c'est ce que disent toutes les chiennes de ton genre. Si tu crois que tu vas m'amadouer comme ça. Écarte, répète-t-il en lui assénant un coup de pied si violent qu'il la plaque contre le mur.

Maria s'exécute immédiatement. Elle ne sent plus la douleur, comme si on venait de lui faire une piqûre d'adrénaline. Son cœur bat à cent à l'heure, tout en elle est en éveil, aux aguets, sa respiration sous le tissu est courte et saccadée. À quelques mètres de là, elle entend tourner une lourde clef en métal et un soldat agonir d'injures une femme qu'il semble ramener dans la cellule voisine. Une éternité de silence s'ensuit. Maria ne s'y trompe pas. Cette accalmie n'en est pas une. Elle y a cru une fois, pas deux. Dans l'attente de ce qu'elle sait désormais être le pire, elle se soumet. Elle n'espère plus rien. Il n'y a plus que le vide, et ce qui viendra après. Le corps en croix, elle patiente. Docile et immobile. Tel un jouet que le destin a abandonné un instant pour mieux lui régler son sort.

Il doit être minuit maintenant. Le soldat s'approche d'elle et l'empoigne fermement en la poussant vers le bas jusqu'à ce qu'elle s'effondre sur la paillasse. Il lui attache les mains et les pieds avec des menottes et, d'une voix étonnamment douce, en contraste total – et glaçant – avec la façon dont il l'a traitée toute la soirée, lui murmure :

— Dors un peu. Demain il faut que tu sois en forme pour répondre aux questions. Et je te conseille de dire tout ce que tu sais, si tu coopères, ils te laisseront rentrer chez toi.

Maria lui serait presque reconnaissante de cette soudaine sollicitude. Ces quelques mots sonnent comme une caresse et lui donnent un peu d'audace :

— J'ai froid. Est-ce que je peux avoir une couverture s'il vous plaît ?

— Tu te crois à l'hôtel, princesse ? éructe-t-il en claquant la porte.

Maria retient ses larmes. Elle se croyait blindée, prête désormais à ne plus rien attendre, à ne plus jamais faire confiance à qui que ce soit, mais à la première éclaircie venue, elle s'est jetée tout droit dans le traquenard, comme si l'humain existait encore ici, comme si elle allait avoir droit à un quelconque lendemain.

Elle se recroqueville. Elle vient de comprendre qu'on ne peut jamais tout à fait renoncer à l'espoir.

Quelques minutes plus tard, elle entend taper contre le mur mitoyen. Sa voisine de cellule engage la conversation.

— Comment tu t'appelles ?

Maria ne répond pas, hésitante. Partagée entre ses bonnes manières et la peur que son gardien soit encore avec elle. Elle l'a pourtant entendu quitter la *sala* tout à l'heure. Mais c'est ce que font les bourreaux, ils vous persécutent même dans leur absence.

— Pssst, dis-moi comment tu t'appelles camarade. Ils sont partis.

Silence.

— OK, tu as raison, ne me dis rien. Et ne leur dis rien non plus, à ces fils de pute. Ne donne aucun nom, aucune adresse. Il faut tenir. Quand tu auras mal, dis-toi que ça ne va pas durer. Ils ne vont pas te tuer, ils font venir des médecins. Ils arrêtent juste à temps. Si tu vois Lopez, ce chien galeux, dis-lui d'aller se faire foutre. Il va mourir en enfer, celui-là.

Prostrée face au mur, Maria tourne le dos à sa compagne d'infortune. Elle ne veut pas l'entendre, pas lui parler. Tout ce qu'elle veut, c'est rentrer chez elle. Elle met les mains sur son ventre, son bébé, son trésor, et se remet à pleurer. Doucement cette fois. Pas question que les soldats profitent du spectacle, elle ne leur accordera pas ce plaisir. Pour se calmer, elle pense à Marcelo. À leur premier baiser sur la Rambla. C'était un soir de carnaval. La douce image de ce bonheur passé rend à ses lèvres une ombre de sourire. Et à nouveau la morsure de l'espoir en plein dans son cœur. Demain devant le commandant, elle expliquera que tout cela n'est qu'une gigantesque méprise, qu'elle n'a rien à faire ici, au milieu des révolutionnaires, des communistes et des guérilleros. Même si, elle en convient, eux non plus n'ont rien à faire ici, c'est abject, aucun être humain ne devrait être traité de la sorte. Mais elle, Maria, n'est personne, personne d'intéressant, rien qu'une fille normale qui ne cherche pas d'histoires. Elle ne demande pas grand-chose, seulement à être heureuse avec son mari et son bébé. Et à aller à la plage le dimanche.

Quelque peu rassurée, la jeune femme finit par s'assoupir. Elle ne sait pas que le commandant Lopez est un homme vaniteux, confit dans son tout récent pouvoir, prêt à en user, à en abuser pour laver cinquante années de frustrations et planquer sous ses dorures flambant neuves la médiocrité de son existence.

Elle ne sait pas que, d'un petit signe de la tête, contrarié qu'elle lui résiste, qu'elle nie en bloc son implication dans la guérilla, ulcéré de n'avoir obtenu aucun renseignement sur ses amis terroristes, furieux d'avoir perdu son temps précieux, oui, d'un simple hochement entendu, à peine esquissé parce qu'elle ne mérite pas plus, il va la renvoyer dans sa cellule, la livrer à ses hommes, pour qu'ils l'aident à retrouver la mémoire.

Ils y parviendront, qu'elle n'en doute pas.

Peu importe le temps, ou les moyens, que cela impliquera.

*

Quand il monte dans la Jeep, accompagné des deux jeunes recrues de l'armée, Luis tente de mobiliser en lui de quoi protester, mais la lassitude a dévoré ce qu'il lui restait de force et de colère. Sur la route de la caserne qu'il connaît maintenant trop bien, il ne ressent rien, anesthésié par la résignation qui est devenue au fil des allers-retours sa seule amie. Toute capacité de révolte semble s'être évaporée hors de lui.

— C'est drôle comme on s'habitue à tout, laisse-t-il échapper en observant le grand bâtiment dessiner doucement ses angles à l'horizon.

Ses gardes se regardent, ne sachant trop s'il faut lui répondre ou le sommer de se taire. Il y a quelques années à peine, il aurait pu être leur professeur à l'université. Ils ne sont pas encore très à l'aise avec cette inversion des rôles. On les a certes armés de fusils, mais détiennent-ils vraiment l'autorité ?

— Pas d'interaction avec les « prisonniers », ricane Luis, désabusé.

Arrivés à la caserne, ils le remettent à un sous-officier que le docteur n'a jamais vu. Ensemble, ils arpentent des couloirs inconnus, de plus en plus sombres, de plus en plus sordides. Luis s'interroge sur ce changement de protocole, mais garde son étonnement pour lui. Il a cessé depuis longtemps de poser des questions. Par une porte entrouverte, il aperçoit un jeune homme d'une vingtaine d'années allongé sur une planche en bois, le corps incliné vers le bas, prêt à être immergé, tête la première, dans un grand bassin d'eau. Le garçon crie, les supplie d'arrêter.

Luis est pris d'un haut-le-cœur qu'il étouffe, continuant à marcher droit devant. Un pas après l'autre. S'il s'arrête, il ne sera plus capable de repartir.

Son accompagnateur s'immobilise devant une épaisse porte en fer. Le docteur s'attend à devoir signer une attestation mais pour une fois, il n'y en a pas. C'est un cas un peu particulier, lui explique le militaire. Une jeune femme enceinte qui est malencontreusement tombée dans l'escalier en rentrant du bureau du commandant et qui se trouve être l'assistante du maire. Celui-ci est fou furieux et exige qu'on la libère, mais elle a quelques difficultés à marcher.

— Il va falloir nous la remettre sur pied, conclut le soldat en ouvrant la porte.

Le médecin entre dans une salle sombre et exiguë, aussitôt assailli par une odeur si épaisse qu'elle l'empêche d'avancer. Un mélange d'excréments, de transpiration, de vomi, de soufre… tout ce que le corps humain peut sécréter de plus vil s'est imprégné dans ce sol et ces murs en béton. C'est comme si l'enfer lui rentrait par les narines.

Il fait quelques pas en bloquant sa respiration et en clignant des yeux pour s'habituer à l'obscurité. Son pied bute contre un obstacle en métal, provoquant un raclement sonore contre le sol. Sans en avoir jamais vu, il comprend tout de suite qu'il s'agit d'une *picana*, la gégène électrique dont il sait depuis des années que les forces armées l'utilisent pendant les interrogatoires. Un peu plus loin contre le mur, il aperçoit une forme humaine par terre. Il s'agenouille doucement derrière elle.

— Mademoiselle, dit-il en chuchotant pour ne pas l'effrayer, je suis le docteur Forlàn, je suis là pour vous soigner.

Devant l'absence de réponse de la jeune femme, il insiste, le plus délicatement possible.

— Mademoiselle, laissez-moi vous ausculter. Je suis là pour vous aider.

Il est évident qu'elle est terrorisée, en état de choc traumatique certainement. Luis pose une main sur son épaule gauche, l'autre, derrière sa nuque, tentant précautionneusement de la faire basculer vers lui. Mais il la lâche aussitôt, trahi par un mouvement de recul. Sur ses doigts, suintant de la chevelure épaisse de la jeune femme, une moiteur qui vient lui percuter l'estomac. Il se saisit d'elle, la tourne vers lui, pose les deux doigts sur son cou, par réflexe, espérant vainement sentir un pouls qu'il sait déjà éteint. Ses yeux ouverts se détachent de son visage cireux. Il arrive trop tard.

Luis se saisit de sa mallette, en sort le grand bloc-notes qui lui sert habituellement à rédiger les ordonnances et s'applique à y consigner minutieusement ses observations.

— J'ai besoin de plus de lumière, intime-t-il au garde qui s'exécute.

La pièce l'éblouit alors de toute sa hideur. Ses murs délabrés exsudent la crasse. Sur le sol, des auréoles d'urine et des déjections fécales. Un seau d'eau renversé. Derrière lui, au centre, la fameuse gégène qu'il a percutée en entrant et ses pinces longues comme deux serpents venimeux. Juste à côté, aussi incongrues qu'un papillon dans un champ de mines, une robe à fleurs en boule et des sandales de plage. Et devant lui, celle dont le soldat lui apprend qu'elle s'appelle Maria. Nue, allongée sur le flanc, sur une paillasse en toile de jute souillée.

Il commence à rédiger :

Montevideo, le 4 mars 1974, 8 h 50.
Rapport d'examen clinique par le docteur Luis Forlàn.

Il écrit comme on construit un rempart. Il n'a jamais été aussi concentré de sa vie. Chaque ramification de son cerveau converge vers l'étude de ce corps inerte. Ne surtout pas penser que, il y a quelques heures, ce cadavre était une jeune femme pleine de projets. Ne pas penser. Ne pas penser mais nommer ce qu'il voit :

Individu étendu sur le côté droit, dévêtu.
Sexe : féminin.
Âge : 25 ans environ.
Taille : 1,65 m environ.
Poids : 50 kg.
Couleur des cheveux : bruns.
Couleur des yeux : bruns.
Température du corps : 35 degrés Celsius.

Il en déduit qu'elle a dû mourir il y a deux heures tout au plus. À l'heure où il prenait son petit déjeuner avec les garçons, à l'heure où toute la ville se réveillait, dans l'inconscience la plus totale du calvaire que vivait Maria. Mais pouvaient-ils jurer, tous autant qu'ils étaient, qu'ils ne connaissaient pas le sort réservé aux Maria de ce pays ? N'avaient-ils pas détourné le regard, se rendant ainsi complices des ténèbres ? Ne pas penser.

Tête :
Traces de sang sur face latérale arrière gauche.
Enfoncement du crâne de 6 cm de long par 3 cm de large ayant entraîné une hémorragie cérébrale.
Fragments osseux adhérant à la plaie.
Globes oculaires : hématome en lunette bilatérale.
Pupilles : mydriase et anisocorie (3 mm à gauche et 4 mm à droite).
Contusion et plaie de 2 cm sur la lèvre supérieure.
Traces de sperme sur le front.

S'était-elle sentie partir ? Alors que son cerveau se vidait de son sang, avait-elle espéré qu'un médecin vienne l'aider ? Que l'un de ses bourreaux lui tende la main ? Avait-elle appelé ses proches en vain ? Sa mère ? Son mari ? Se concentrer. Chasser cet essaim de questions bourdonnantes. Combien étaient-ils à avoir participé à cette barbarie ? Était-ce le fait d'un seul homme ? Étaient-ils plusieurs à s'en prendre à cette « révolutionnaire » ? Pour la faire parler, pour la faire plier. Ou tout simplement parce qu'ils en avaient le pouvoir. Était-ce un accident, ou l'avaient-ils volontairement projetée contre le sol quand ils avaient fini leur ouvrage, par rage ou par jeu ? Des êtres humains venaient de s'acharner sans merci sur un autre être humain. Jusqu'à lui faire perdre toute dignité, jusqu'à en perdre leur propre dignité. Ils avaient vociféré, ils l'avaient insultée. Ils avaient ri peut-être. Jusqu'à ce qu'elle souhaite sa propre mort et celle de l'enfant qu'elle portait en elle. Pour que ça s'arrête.

Examen du tronc :
Contusion costale droite.
Hématomes ventraux.

Bien sûr qu'ils se sont attaqués à sa maternité. À coups de pied dans le ventre, à coups de poing peut-être. Au-delà de la guérillera, c'est la femme qu'ils visaient, la mère qu'il fallait anéantir.

Examen génital :
Traces de brûlures au niveau des grandes et petites lèvres.

Il n'est pas bon d'être femme quand les hommes se font la guerre. Leur ingéniosité est sans limite pour asservir, avilir, dégrader. Luis serre très fort son stylo pour chasser la honte d'appartenir au même sexe que les auteurs du crime qu'il a sous les yeux.

Examen des extrémités :
Membres supérieurs : traces de brûlures circulaires de 0,5 cm de diamètre évoquant des brûlures de cigarette.

Membres inférieurs : hématomes, traces de griffures.
Dermabrasions linéaires circulaires bilatérales des poignets et des chevilles.

S'était-elle débattue ? S'était-elle évanouie ? Il espérait qu'elle s'était « dissociée », que son cerveau avait disjoncté pour échapper à la violence à laquelle on la soumettait. Qu'elle avait trouvé un espace dans sa tête, un abri, un lieu doux, loin de cette caserne sordide et nauséabonde, loin de ces bêtes féroces.

~~Cause du décès : Sévices et hémorragie cérébrale importante causée par un traumatisme crânien.~~
Cause du décès : TORTURE.

Luis se lève et tend son compte rendu mortuaire au garde qui l'a accompagné. Jusqu'à présent, il n'avait pas vraiment prêté attention à lui. C'est un homme petit et trapu, très brun, trente ans tout au plus, mais son visage, tanné par le soleil, est strié de rides. Avant les événements, c'était un gars comme les autres, ouvrier ou peintre en bâtiment. Il devait avoir l'habitude de jouer au football le dimanche sur la Playa de los Ingleses. Il avait peut-être croisé Maria à la Cinemateca un samedi soir ou au café Arocena, où elle se régalait d'un bon *chivito* avec Marcelo et leurs amis. Si Luis l'avait rencontré en d'autres circonstances, il l'aurait sans doute salué chaleureusement. Mais à ce moment précis, en lui remettant l'examen médico-légal, il le dévisage, les yeux injectés de rage. Il n'a pas peur. Sa main tremble de l'intérieur mais son corps est raidi par la colère. Tous les deux savent. Ils savent qu'il était là, qu'il a participé. Ils savent que ce jeune Uruguayen vient de faire subir le pire à une jeune Uruguayenne d'à peine quelques années de moins que lui. Ils savent que dans cette pièce nauséabonde, c'est l'humanité tout entière qui a abdiqué.

Le soldat jette un coup d'œil sur l'acte rédigé par Luis et regarde le médecin sans ciller, avec un léger rictus au coin de la bouche. Un sourire condescendant, presque attendri par cette vaine tentative de révolte.

Il tourne les talons sans mot dire, laissant le docteur seul dans cet antre de l'horreur, et revient quelques minutes plus tard en lui tendant une attestation.

— Signe.

— Jamais de la vie, répond Luis qui n'a pas besoin de lire le papier pour connaître son contenu mensonger.

— Signe.

— Vous êtes des monstres.

— Signe.

Luis refuse de prendre le stylo que lui tend le garde. C'est l'affront de trop. Le médecin ne voit pas partir le coup de crosse qui le met à genoux. En un instant, la supériorité du garde est rétablie.

— Je ne signerai pas, murmure-t-il en s'effondrant, en larmes. Je ne signerai pas, répète-t-il, pour rattraper sa volonté qui déjà l'abandonne.

Alors qu'il appose finalement son nom sur cet apocryphe, coulent sur sa joue, mélangées à la sueur et au filet de sang qui descend sur sa tempe, des larmes d'impuissance, des larmes de honte, et pour la première fois, des larmes de haine.

*

Nora s'affaire dans la cuisine. Il aurait voulu qu'elle ne soit pas là, qu'elle ne pose pas ses grands yeux sur lui à cet instant.

— Tu n'es pas allée travailler ? demande Luis, en attrapant machinalement un torchon pour essuyer les bols qu'elle vient de laver.

S'occuper pour ne pas flancher.

— J'ai préféré t'attendre.

Dieu que cette femme est intelligente. Elle sait être là, juste être là, sans poser de questions, sans chercher à savoir, sans juger. Il a toujours aimé ça chez elle, sa subtilité émotionnelle. Et l'amour de roc qu'elle lui porte. Il n'a pas toujours été un mari parfait mais en ce moment précis, dans la cuisine, ce matin du 4 mars 1974, il a le cœur rempli d'amour pour elle. Il a très envie de lui dire qu'il l'aime, de lui dire merci d'être elle, de lui demander pardon de n'avoir parfois pas été à la hauteur. Mais ce serait la salir, déverser sur elle un peu de sa propre laideur. Alors il se tait.

— Tu ne peux pas continuer, dit-elle en lui ôtant doucement le torchon des mains.

Et c'est comme si elle avait ouvert les vannes. Avec sa délicatesse habituelle, Nora vient de les soulager de cette chape de silence qu'il leur a imposée. Il n'a pas eu à raconter, à expliquer, à justifier. Elle a compris depuis longtemps, et aucune curiosité morbide ne la pousse à demander le moindre détail. Elle regarde, impuissante, son homme sombrer depuis des mois, non par indifférence mais par humilité. Et pourtant ce matin, elle a décidé de prendre les choses en main, de le sortir des sables mouvants où il s'enfonce, où on l'a projeté. Pourquoi ce jour-là, le jour de Maria ? Il ne le saura jamais, mais lui en sera éternellement reconnaissant.

— J'ai appelé Manuela, tu sais, mon amie d'enfance dont le mari travaille à l'ambassade de France. Elle m'a dit qu'ils délivrent des laissez-passer pour les réfugiés politiques. Il y a un vol ce soir. Tu dois le prendre.

— Non, non, non, qu'est-ce que tu racontes ? Je ne partirai pas sans vous.

— Tu ne pars pas sans nous, tu pars avant nous.

— Mais Dieu sait ce qu'ils peuvent vous faire !

— J'irai moi-même te dénoncer à la police, au juge des affaires familiales, je dirai partout que tu nous as quittés sans laisser d'adresse, que tu as toujours été un mauvais père, un mauvais mari.

— Hors de question, c'est trop dangereux.

— Regarde-toi mon amour, tu ne vas pas tenir comme ça encore longtemps. Tu es une bombe à retardement. Tu vas leur exploser à la figure tôt ou tard, et que va-t-il se passer d'après toi ? Tu penses pouvoir gagner ? Fais-moi confiance, j'y ai bien réfléchi, c'est la seule solution. Tu n'aideras personne si tu finis au fond d'une cellule, ou pire, au fond d'un trou. Là-bas, ils aident les réfugiés. C'est le pays des Lumières, ils t'accueilleront, te donneront un travail, des papiers, et nous te rejoindrons dès que possible. Ce sera un nouveau départ, loin de tout ça.

Et pour une fois, Luis se laisse porter. Il prend le petit sac de voyage qu'elle lui a préparé, pas trop lourd, pour ne pas éveiller les soupçons. Deux pantalons, quatre slips, quatre paires de chaussettes, deux maillots de corps, deux chemises, un pull. Elle y a aussi glissé son livre de chevet, *Cien sonetos de amor* de Pablo Neruda, son passeport et un peu d'argent.

Il embrasse Nora sur le front, la serre dans ses bras.

— Dis aux enfants…

— Oui, ne t'inquiète pas, lui répond-elle dans un simulacre de sourire.

Et pour chasser l'émotion :

— Mets un blouson. Je ne veux pas que tu attrapes froid là-bas.

Il n'y aura pas de déclaration lyrique. Ce sera un départ sans mots, un adieu qui n'avouera pas son nom. Elle fait partie de ces femmes, de cette génération, qui ont l'amour couvrant, l'amour pratique, l'amour nourricier, l'amour pudique.

Quand Luis arrive devant le grand bâtiment blanc de l'ambassade de France, une longue file d'attente s'étire sur l'Avenida de Uruguay. Des hommes, des femmes, des enfants, nerveux pour les uns, résignés pour les autres.

— Excusez-moi, j'ai rendez-vous.

— On a tous rendez-vous Monsieur, lui répond sèchement un grand gaillard quelques pas devant lui dans la file.

— Moi, je suis là depuis six heures du matin, lui dit un autre d'un ton bienveillant.

— Est-ce qu'ils délivrent encore des visas ? s'enquiert Luis.

— Oui, ce sont quasiment les seuls. L'ambassade des États-Unis ne prend plus personne.

— Vous pouvez essayer du côté de l'ambassade d'Espagne ou de Suède aussi, mais ça grouille de soldats là-bas. Mon beau-frère s'est fait arrêter devant les grilles la semaine dernière.

L'attente est longue, très longue. Il fait étonnamment chaud pour la saison. Un garde ouvre l'épaisse porte en bois à intervalles réguliers pour laisser entrer au compte-gouttes les candidats au départ. La fatigue et l'anxiété se lisent sur leurs mines écrasées par le soleil. Chacun serre secrètement sa chance, caressant le rêve d'une nouvelle vie. Derrière ces murs, la liberté et la sécurité leur tendent les bras. Encore faut-il être choisi. Pour cela, on se répète son histoire en boucle, cherchant les arguments qui feront mouche. Il va falloir raconter l'horreur et la peur, mettre des mots sur l'innommable, pour se voir accorder le fameux sésame. Dans la queue, trois enfants commencent à chahuter, attirant sur eux les regards foudroyants de la foule silencieuse. Leurs mamans les reprennent immédiatement, exigeant d'eux une patience incompatible avec leur âge. « Des heures qu'ils poireautent en plein cagnard, et en plus on les dispute », se dit Luis. Aussitôt son cœur se serre. Comme il aimerait pouvoir rabrouer ses fils lui aussi. Il imagine Juan et Eduardo à ses côtés, sous cette chaleur accablante, et il s'en veut. Il n'aurait jamais dû accepter de partir sans eux.

Les trois petits chenapans qu'on vient de remettre dans le rang se collent à leurs parents d'un air boudeur. Ils sont loin de saisir la portée de l'enjeu : il faut montrer à la France, cette nation lointaine qui est devenue leur seul espoir, le plus beau des visages. C'est bientôt leur tour. Les adultes autour d'eux échangent quelques mots d'encouragement. Ils n'auront que cinq minutes pour convaincre ces fonctionnaires étrangers, un peu dépassés par l'afflux des demandeurs d'asile, qui doivent décider de leur sort. Un petit papier vert et c'est le soulagement ultime. Un refus, et ils seront renvoyés à la terreur, la prison, la torture et peut-être la mort. Ces employés de l'ambassade ont-ils seulement conscience de leur pouvoir ?

Luis oscille entre révolte et abattement. Maria revient sans cesse dans ses pensées. Cent fois dans sa tête, il refait l'examen minutieux du corps meurtri de la jeune femme. Son image se confond parfois avec celle de Nora, sa douce Nora. Leurs visages pâles s'entremêlent et ondulent devant lui, comme les deux faces d'un même fantôme, celui de ses remords.

Les heures qui suivent resteront à jamais nébuleuses dans sa mémoire, la queue, la faim, le temps qui s'égrène, et enfin, par miracle, par hasard, par chance, le tampon sur le laissez-passer. Pourquoi lui et pas le grand gaillard de tout à l'heure ? La question lui traverse l'esprit alors qu'il monte dans l'avion, mais il choisit de ne pas s'y attarder. Quinze heures plus tard, il atterrit à Orly. Seul, vide, exténué, mais avec au fond de lui une petite flamme frêle et fragile, dont la danse tremblante va le maintenir debout pour les années à venir. Le feu sacré des exilés.

Au bout de ce long voyage, au bout des allées sans fin de l'aéroport, au bout des longs escalators, au bout de sa détresse, de son impuissance, de ses compromissions et de sa colère, l'attend une hirondelle.

5

> « J'étais la soif et la faim, et toi tu fus le fruit.
> J'étais le deuil et les ruines, et toi tu fus le miracle. »
>
> Pablo Neruda, *Vingt poèmes d'amour et une chanson désespérée*

Lille, septembre 1974

Elle est d'abord passée à l'appartement. Immeuble nord, porte B, cinquième étage. Un T2 standardisé comme en regorgent les logements sociaux. Murs blanc cassé, lino blanc cassé, portes blanc cassé. À croire qu'on cherche à casser le moral des gens qui vivent ici. Comme si les pauvres, les travailleurs comme on les appelle, n'avaient pas droit au vrai blanc propre, pur et éclatant, ni à la moindre couleur, rien qu'à un entre-deux sans odeur ni saveur. Elle a apporté un édredon à grosses fleurs orange et marron pour égayer un peu, et pour qu'il n'ait pas froid surtout. Elle se demande quel temps il fait à l'automne dans son pays. Y a-t-il seulement des saisons là-bas ?

Ici l'été ne va pas tarder à se faire la malle, il aura vite besoin de quelques couches supplémentaires.

Elle n'est pas très à l'aise dans ce quartier, au milieu de ces barres HLM. Elle vit pourtant à quelques minutes de là depuis cinq ans, mais n'y avait jamais mis les pieds avant cette « mission ». Elle a surmonté sa légère appréhension car elle tient à vérifier que le logement est absolument impeccable (elle dit « absolument im-pe-ccable » dans sa tête en dissociant bien les syllabes pour souligner l'importance de l'enjeu) et à y déposer les sacs qu'elle entasse dans le coffre de sa voiture depuis quelques jours. Les vêtements d'abord. Elle a fait le tri elle-même, écarté les pull-overs miteux, les maillots de corps troués et les chemises auréolées. C'est bien gentil de donner aux associations, mais il faut voir l'état des fringues parfois. Des haillons ! Comment les gens peuvent-ils penser que quelqu'un parviendra à se vêtir ainsi sans se sentir dégradé ? Ça la met en rogne, cette bonne conscience à bas coût. Après inspection, il reste quand même trois grands sacs Tati pleins à craquer. Elle dispose les habits avec soin dans le placard de la chambre. Dans la cuisine, elle range quelques boîtes de conserve, de la Ricoré, du sucre, de l'huile et des gaufres à la vanille. Les gaufres, c'est son remède miracle contre les petits bobos de Sophie, sa fille. Et contre ses coups de blues, à elle. Qui sait, ça marche peut-être aussi pour le mal du pays ? Enfin, sur la table de la cuisine en Formica (blanc cassé, décidément), elle dépose une carte en papier surpiquée de fil à coudre sur laquelle elle écrit de sa plus belle écriture : « *Bienvenido professor* ».

L'heure tourne, elle doit prendre la route pour Paris.

Deux heures et demie plus tard, après avoir pesté sur sa carte Michelin et s'être perdue plusieurs fois dans les rues de Nanterre, elle arrive enfin au rendez-vous. Luis l'attend tranquillement devant le centre d'hébergement. Il ressemble aux photos qu'elle a vues dans son dossier.

— Vous êtes Luis ? Luis Forlàn ?

— Oui, bonjour… Mathilde, j'imagine ?

— Je suis absolument confuse pour le retard.

— Aucun problème, cela m'a donné le temps de m'asseoir sur ce banc qui me faisait de l'œil depuis mon arrivée ici, répond-il avec l'élégance de ceux qui savent mettre leur interlocuteur à l'aise en toutes circonstances.

Malgré son fort accent, il maîtrise visiblement très bien la langue. Elle est soulagée, elle qui ne parle ni espagnol ni anglais.

— Je vous emmène dans mon carrosse, sourit-elle en calant le maigre bagage du docteur dans son coffre.

Luis vient de passer plusieurs mois dans ce centre d'accueil pour réfugiés politiques. À son arrivée en France, après un rapide entretien sur les raisons de sa fuite, on lui a octroyé une autorisation provisoire de séjour, cent francs d'argent de poche et une chambre qu'il a partagée avec trois autres exilés, des Chiliens. Deux fois par semaine, les bénévoles de la Cimade sont venus les aider à effectuer les démarches administratives requises, les ont emmenés faire quelques courses et leur ont donné des cours de français, ce qui a ravivé ses connaissances du lycée. Il a été ému et reconnaissant quand il a reçu sa carte de séjour, même si la mention « A demandé l'asile » a réveillé en lui une culpabilité qu'il n'avait à vrai dire jamais tout à fait réussi à enfouir depuis son départ. Il aurait été plus juste d'écrire : « A demandé l'asile après avoir couvert des crimes atroces », « A demandé l'asile en abandonnant femme et enfants » ou encore : « A demandé l'asile après avoir laissé mourir Maria pendant qu'il prenait son petit déjeuner », a-t-il pensé amèrement.

Mais en voyant arriver cette jeune femme un peu gauche et rieuse ce jour-là, il sent se lever un jour nouveau. Elle ne sait rien de ses méfaits, et le traite avec un respect un peu emprunté, mais qui lui fait du bien. Il remplacerait presque celui qu'il ne s'accorde plus lui-même.

Mathilde est l'assistante du docteur Daller, le doyen de la faculté de médecine de Lille. C'est elle qui lui a suggéré de recruter des chercheurs et professeurs étrangers, alors qu'il se plaignait du manque de personnel. Il a d'abord accueilli son projet avec un certain dédain, avant de se l'approprier, ce qu'elle a pris comme une victoire. Elle n'attend pas de son patron qu'il lui donne du crédit, le simple fait qu'il lui vole une idée pour la faire sienne suffit à la combler de fierté.

— Comment est-il ? lui demande Luis, désireux d'en savoir plus sur son nouvel employeur.

— C'est le meilleur ! Il est brillant, il a un charisme incroyable, il est très chaleureux. On dit que c'est le plus grand chercheur de sa génération. Il a publié des articles dans les revues médicales les plus prestigieuses. Ne me demandez pas ce qu'il a découvert, c'est bien trop compliqué pour moi tout ça, mais ce que je peux vous dire, c'est qu'on lui a donné des médailles pour sa contribution à la science ! Aujourd'hui il consacre son temps à diriger la faculté, et je vous assure que ce n'est pas de tout repos.

— Il n'a donc que des qualités ?

— Il peut être un peu rustre parfois et ses colères sont légendaires mais vous verrez, on rit beaucoup avec lui. C'est vraiment quelqu'un d'extraordinaire.

— J'aimerais qu'on parle de moi avec autant d'enthousiasme, souffle-t-il, amusé par l'entrain de la jeune femme.

— Oh, mais je suis sûre que plein de gens parlent de vous comme ça !

Le trajet jusqu'au quartier des Peupliers à Tourcoing (drôle de nom pour un quartier bétonné où trois bouleaux et deux haies de troènes se battent péniblement en duel) passe en un clin d'œil. Mathilde parle beaucoup. De son travail, de son mari, de leur fille. D'abord pour cacher son anxiété et puis, rapidement, parce qu'elle se sent bien avec cet inconnu dont le calme et la douceur ont immédiatement créé entre eux une certaine familiarité. Luis se renseigne sur Lille et ses environs, une région dont il n'avait jamais entendu parler avant de recevoir la proposition d'embauche de la faculté de médecine. Elle s'efforce de lui dépeindre la vie dans le Nord sous son meilleur jour.

— Ce n'est peut-être pas la plus belle région de France, et je ne vais pas vous dire que c'est la plus ensoleillée non plus, mais vous y serez bien accueilli et vous vous sentirez bientôt chez vous !

Elle regrette aussitôt d'avoir prononcé ces mots, consciente que son vrai chez-lui doit lui manquer et que ce n'est pas le Nord-Pas-de-Calais qui va le remplacer. Cet homme a dû traverser de terribles épreuves pour se retrouver assis à côté d'elle dans cette voiture filant sur l'autoroute A1. Elle s'en veut de faire preuve d'autant de maladresse. Luis sent sa gêne, sans chercher à la dissiper.

— Parlez-moi de l'Uruguay. Je veux tout savoir ! Pour être honnête avec vous, j'étais bien incapable de situer votre pays sur une carte avant votre venue.

Mathilde pose des tonnes de questions à Luis, étonné et charmé par l'intérêt sans fin qu'elle porte à sa terre natale. Elle l'écoute lui conter ses déambulations dans la vieille ville, la Ciudad Vieja, de Montevideo, sur les rives argentées du Rio de la Plata, dans les rues pavées bordées de maisons coloniales de Colonia del Sacramento, celles-là mêmes où il a demandé sa femme en mariage, sur les plages géantes de Punta del Este où il emmène, pardon, emmenait Nora et les garçons manger une glace à l'arrière-saison, et les gargantuesques *parilladas* de son enfance... Mathilde boit ses paroles, bercée par son accent chantant. Elle pourrait presque sentir l'odeur des goyaviers, l'onctuosité du *dulce de leche*, la caresse du soleil se couchant sur les prairies infinies de la pampa.

Nul ne sait d'où lui vient cette curiosité insatiable. Sûrement pas de son père, décédé quand elle portait encore des couches. Sûrement pas de sa mère, trop occupée à trimer dans les champs pour se payer le luxe de s'interroger sur ce qui dépassait les quatre murs de sa maison. Sûrement pas de ses frères et sœurs, avalés trop tôt par la ferme. Mathilde est la cadette d'une famille de sept enfants, la seule qui a eu la chance d'aller au collège. Elle a fait la fierté de tous quand elle est revenue avec son certificat d'études en poche. Une fierté habilement dissimulée, tant par peur de se répandre que par crainte que l'adolescente ne leur échappe.

— Ce sera toi mon bâton de vieillesse, avait lâché sa mère, avant de retourner faire pousser ses chicons.

Et quand la jeune femme a quitté son village d'enfance pour entamer des études de secrétaire de direction à Lille, l'admiration de ses anciennes camarades d'école a succédé à celle de ses proches. Les vingt kilomètres qui séparaient leur campagne de la grande ville leur paraissaient une barrière infranchissable. Elles allaient finir par épouser un gars des alentours, reprendre la ferme familiale, devenir épicière ou serveuse à l'estaminet. Mathilde, elle, se sentait irrésistiblement marcher vers son destin. Sans oser l'admettre encore, elle tournait la page d'une vie trop étriquée pour elle. Bien sûr, chaque fois qu'elle rentrerait à la maison, on lui ferait sentir que ses mains étaient trop douces et sa coupe de cheveux, trop sophistiquée. Qu'il ne fallait pas qu'elle devienne pimbêche ou qu'elle oublie d'où elle venait. Et elle ferait tout pour leur montrer qu'elle était restée la même et que sa loyauté envers eux était intacte. Même si elle a toujours su, au fond, qu'elle appartenait à un ailleurs.

Et pour que cet ailleurs devienne sa réalité, elle a épousé le premier qui lui a permis de couper le cordon et de quitter sa mère trop veuve et trop envieuse sans avoir l'air de l'abandonner. Elle avait vingt-deux ans. Son frère lui répétait souvent qu'à son âge, il serait bien qu'elle se marie. Elle a laissé le plus sérieux des prétendants de la ville lui faire la cour maladroitement. Du haut de ses vingt-huit ans, il pouvait s'enorgueillir d'une situation stable, clerc de notaire, ce qui plaisait beaucoup à la future belle-mère. À lui aussi, sa famille disait qu'il était temps de se caser, que les vieux garçons, c'est suspect. Lors d'un mariage joyeux, Mathilde a convolé, pleine d'illusions, rapidement échouées sur le brise-lames du quotidien. Elle a certes aimé devenir maman, au point de se demander en serrant sa fille dans ses bras comment sa propre mère avait pu être si distante avec elle, mais ça n'a pas suffi à combler son immense appétit de vie, ni ses rêves de romance ou de magie. Et aujourd'hui, comme toutes les femmes de sa génération, elle tient son foyer, soutient son mari, court de la maison à la crèche et de la crèche au travail, avant de refaire le chemin en sens inverse. Le samedi, elle remplit des Caddies entiers dans le grand supermarché qui vient d'ouvrir en bordure de sa banlieue. Elle s'est émancipée d'un monde trop petit pour se jeter à corps perdu dans un autre, bien plus vaste dans ses dimensions, et pourtant tout aussi exigu. Mais Mathilde n'est pas du genre à se résigner. Sa vie est imparfaite, d'accord, mais elle n'en est pas moins la sienne. Et personne ne l'empêchera de la façonner à la force de son poignet, et de ses rêves.

À leur arrivée dans le quartier de Luis, Mathilde est mal à l'aise à l'idée de déposer le docteur devant cet immeuble triste, à l'opposé de la vie gaie et colorée à laquelle elle l'imagine habitué. Dans un élan de spontanéité, elle lui propose :

— Venez dîner à la maison ce soir, mon mari et ma fille seront ravis de vous rencontrer. Faites-leur ce plaisir s'il vous plaît !

Malgré la fatigue, Luis accepte. Il vient d'un pays où une telle invitation ne se refuse pas. La petite est déjà couchée quand ils arrivent, et Luis, sans savoir pourquoi, s'en trouve soulagé. Le repas improvisé est loin d'être un festin mais la soirée s'enchaîne gentiment. L'Uruguayen trouve du réconfort dans la normalité de ce foyer. Leur maison est petite mais méticuleusement ordonnée. Le mari de Mathilde n'est pas très bavard et s'intéresse peu à Luis, qu'il semble considérer davantage comme un intrus que comme un invité. Mathilde déploie des trésors d'ingéniosité pour compenser l'indélicatesse de son mari. Le professeur s'en trouve touché et reconnaissant. Il ne peut s'empêcher de penser que cette jeune femme lumineuse et affable est bien mal assortie à son époux. À la fin de la soirée, Mathilde le raccompagne et lui fait visiter son nouvel appartement, ce qui ne prend pas longtemps tant le logement est sommaire. Luis, à qui la perspective de se retrouver enfin seul après des semaines de cohabitation ne déplaît pas, ne s'attarde pas pendant la visite. Il pose à Mathilde l'unique question qui le préoccupe :

— Savez-vous s'il y a une cabine téléphonique pas loin ? J'aimerais appeler ma femme et mes enfants.

— Oui, il y en a une juste au pied de l'immeuble sud, de l'autre côté de la rue. Vous n'aurez pas besoin de l'utiliser longtemps, j'ai prévu de vous faire installer une ligne la semaine prochaine. Je voulais m'en occuper avant votre arrivée, mais vous connaissez les PTT, ils sont toujours débordés.

— À vrai dire, non, je ne les connais pas, mais j'ai l'impression que c'est partout pareil, lui répond-il avec malice, avant d'ajouter, plus grave : Je veux juste la prévenir que je suis bien arrivé et lui donner ma nouvelle adresse. Elle sait que nous ne pourrons pas nous parler par téléphone, ça coûte tellement cher, ces communications internationales. Et de toute façon, ce serait trop dangereux.

Devant le regard inquiet de la jeune femme, il ajoute d'un air faussement enjoué :

— Une fois que Nora et les enfants m'auront rejoint, la question ne se posera plus ! Merci beaucoup d'être venue me chercher. Merci pour le délicieux dîner également, et pour tout ce que vous avez fait pour mon installation.

— Oh là là ça fait trop de mercis, tout ça. Allez, vite, au lit ! Demain, c'est la rentrée des classes ! Je viens vous chercher à huit heures dix, lance-t-elle en souriant.

Sur le palier, elle se retient de l'embrasser comme du bon pain.

Le lendemain, comme tous les jours de travail qui vont suivre, Mathilde gare sa voiture en bas de la porte B de la tour nord du quartier des Peupliers et attend Luis.

Elle est loin d'imaginer qu'elle va l'attendre toute sa vie.

*

Mathilde est en retard. Alors qu'elle se parque en bas de l'immeuble, son souffle est court et son estomac, noué. Elle vient de déposer sa fille à la crèche. Trop vite, trop pressée. Sophie a pleuré et s'est accrochée à elle au moment de lui dire au revoir. Elle a beau se dire que ce gros chagrin a dû disparaître aussi vite qu'il était venu, elle s'en veut. Elle en veut aussi au collant bon marché qu'elle a filé en l'enfilant, aux éboueurs qui trouvent toujours le moyen de la bloquer quand ce n'est pas le moment – mais y a-t-il vraiment un bon moment ? – et aux dames de la crèche qui lui ont arraché son enfant des bras avec autant de douceur que s'il s'était agi d'un cageot de patates. Sans parler de cette satanée voiture qui n'a pas voulu redémarrer à cause du froid. Il est huit heures et quart et Mathilde est épuisée. Elle se demande comment elle va pouvoir affronter le reste de sa journée. Son créneau terminé, elle pousse un grand soupir, s'affaisse sur le volant et ferme les yeux un instant comme si elle allait finir là sa trop courte nuit. Luis toque à la fenêtre :

— Debout là-d'dans, dit-il sur un ton facétieusement autoritaire.

Dans le chaos de ce début de journée, Mathilde en avait presque oublié que son passager avait un pouvoir magique, à effet immédiat sur elle. À peine monte-t-il dans la voiture qu'il l'envahit de son calme. La jeune femme peut presque ressentir physiquement une vague de bien-être la traverser quand il s'installe à côté d'elle. Matin après matin, il se présente devant elle, d'humeur égale, chemise impeccablement repassée sous son pull en laine et visage rasé de près. C'est cette constance, en plus de sa présence, qui l'apaise. La jeune femme devine bien parfois dans ses yeux cernés que l'inquiétude et les soucis l'ont veillé tard, mais Luis a le désespoir si élégant qu'on pourrait s'y méprendre. Pas une fois en près de six mois de covoiturage elle ne l'a trouvé la mine renfrognée ou le sourire en berne.

— Comment va notre petite Sophia aujourd'hui ?

Sa douceur quand il prononce le nom de la fillette, l'affection qu'il lui témoigne font fondre son cœur de maman. Elle s'enquiert aussi de ses garçons, qu'avec le temps elle a l'impression de connaître. Eduardo, l'aîné, est un cérébral. Mature et responsable, il aide volontiers sa maman, comme s'il avait endossé le rôle de son père depuis le départ de celui-ci. À neuf ans, il passe la plupart de son temps plongé dans des livres qu'il dévore sans jamais atteindre la satiété. Luis est très fier de lui mais ne peut s'empêcher de se tracasser. Et si sa passion pour la lecture était un pis-aller, un refuge pour échapper à l'angoissante atmosphère dans laquelle il grandit ?

Juan, le cadet, est plus espiègle. Très sociable, drôle et attachant, il a développé le don de se faire instantanément aimer de ceux qui le rencontrent. Mais il est capable de colères qui désarçonnent complètement sa mère et plongent Luis dans les affres de la culpabilité. Il reçoit chaque emportement de son fils, chaque saillie insolente relatée par Nora dans ses lettres comme un coup de poing en pleine face.

— Mon fils me punit d'être parti, répète-t-il souvent à Mathilde, et je ne peux que le comprendre.

— Ne dites pas ça. Vos enfants ont beaucoup de chance de vous avoir pour père. Quand ils grandiront, ils comprendront les sacrifices que vous avez faits. Vous êtes courageux, vous êtes droit, érudit, bon, vous êtes à l'écoute des autres…

— N'en jetez plus ! plaisante Luis en bombant le torse.

— Je suis sérieuse. J'espère que vous prenez la mesure du papa que vous êtes. Même à l'autre bout du monde, vos enfants savent que vous les aimez plus que tout, c'est ça le plus important. Ils voient que vous vous démenez pour les faire venir en France. Nos courriers à l'ambassade et au ministère vont finir par payer. Et surtout, rien qu'en étant vous-même, vous leur montrez le chemin. Tous les enfants n'ont pas cette chance…

Elle s'arrête net, troublée par la comparaison qui vient de percuter son esprit et qu'elle sait déplacée. Sa propre fille, elle, n'a pas été gratifiée d'un tel cadeau à la naissance. Paul est un papa aimant, certes, mais force est de reconnaître qu'il n'a ni grandeur ni panache. Sophie ne saura jamais ce que c'est que d'admirer éperdument son père. Mathilde aurait aimé offrir à son enfant un papa-roc, un papa-héros, à la fois protecteur et inspirant, un papa-capitaine de navire. Mais chez eux, c'est elle qui porte la culotte. Et malgré toute l'énergie qu'elle déploie pour faire briller son mari et pour le tirer vers le haut, elle n'en fera jamais une figure paternelle forte. Elle compense, elle colmate, elle sème quelques graines, mais elle sait au fond d'elle que cela ne suffit pas.

Il s'est mis à pleuvoir. Mathilde appuie sur la manette des essuie-glaces qui balaient la bruine sur le pare-brise en même temps que ses sombres pensées. Au fil des ans, elle s'est habituée à voir la déception ruisseler et ne se laisse jamais happer longtemps par ses petits coups de blues. Elle préfère porter à nouveau son attention sur son voisin :

— Ne perdez pas espoir, ils vont finir par les recevoir, ces sauf-conduits.

— C'est tellement long. Il y a des jours où je n'en peux plus. Je ne sais même pas contre quels moulins on se bat. C'est dur d'être si loin d'eux. Je vis dans l'angoisse de recevoir une mauvaise nouvelle. S'il leur arrive quoi que ce soit, je suis au bout du monde, je ne pourrai rien faire. J'ai peur pour leur sécurité, j'ai peur pour leur santé. Et j'ai même peur que…

— Que quoi ?

— Que mes enfants m'oublient, qu'ils s'habituent à vivre sans moi ou juste avec l'idée de moi.

— Ne pensez pas à ça. Vous savez ce qu'on va faire ? Dès que j'arrive au bureau, je vous écris une nouvelle lettre de recommandation de la part de Daller et je renvoie votre dossier à tous les étages du ministère des Affaires étrangères. On va les avoir à l'usure, ces visas ! Et bientôt vous serez entassés, ici, dans cet appartement bien trop petit pour vous. Entre les papiers à remplir et la recherche d'une nouvelle location, ça va encore me donner du travail ! dit-elle en faisant mine de frapper son épaule avec son poing.

— Vous avez raison, on continue d'y croire ! Merci encore pour ce que vous faites pour nous. Je serais perdu sans votre infatigable optimisme.

Mathilde aime ce petit sas spatiotemporel dans lequel elle commence sa journée avec Luis. La source ne se tarit jamais entre eux. Ils ont toujours quelque chose à se raconter pendant les quatorze minutes qui les conduisent vers la faculté. Certains matins, la conversation se fait politique. La jeune femme l'interroge sur l'évolution de la situation en Uruguay, Luis lui relate les rapports alarmants d'Amnesty International sur la répression qui ne cesse de s'intensifier. Son regard devient alors vif et tranchant comme un couteau de gaucho. Il peste et s'emporte, laissant apparaître une facette de sa personnalité qui lui est encore peu familière. Plus virile, plus animée peut-être. Les affaires françaises le passionnent aussi. Il abreuve Mathilde de questions sur l'actualité : « Qui est cette femme aux yeux bleus et au chignon immuable qui défend le droit à l'avortement ? Comment la France, le pays de Sartre et de Camus, a-t-elle pu élire un président avec un tel balai dans… enfin, vous voyez ce que je veux dire… Je ne vais pas utiliser cette expression devant vous, même si je dois reconnaître qu'elle m'a fait beaucoup rire la première fois que je l'ai entendue. Enfin, on est d'accord, il a quand même l'air un peu coincé ce type, non ? Et Mai 68, vous y étiez ? Racontez-moi… Vous savez que vos barricades ont inspiré nos étudiants à l'autre bout du monde ? Les postiers, ils ont bien raison de faire grève, vous ne trouvez pas ? »

C'est la première fois qu'on demande à Mathilde son avis sur ce genre de choses. Elle a d'ailleurs du mal à s'autoriser à en avoir un. Mais Luis l'aiguillonne, la pique au vif, il veut toujours en savoir plus, comprendre, analyser, deviser.

« Fallait-il vraiment envoyer les forces de l'ordre à la Maison de la radio ? Bien sûr que ce n'est pas bien d'avoir séquestré le patron de l'ORTF, la violence n'est jamais la solution, mais si ces malheureux en sont arrivés là, il y a bien une raison. Méfiez-vous de Chirac, maintenant qu'il a pris l'UDR, plus rien ne va l'arrêter. Et Mitterrand, qu'est-ce que vous en pensez ? »

Petit à petit, Mathilde se prend au jeu. Le soir à la maison, elle s'arrange pour coucher Sophie un peu plus tôt et se jette fébrilement sur le journal de vingt heures. Entre deux lancements de René Gicquel, elle note dans sa tête les sujets qui l'interpellent, les remarques qu'elle fera au docteur le lendemain matin.

Paul, qui ne comprend pas l'intérêt soudain de sa femme pour les infos, soupire. Ils vont encore dîner tard ce soir.

D'autres jours, la conversation prend un tour plus léger. Mathilde raconte à Luis ses souvenirs d'enfance à la ferme, lui parle de son premier chien, Filou, qui gambadait entre les bottes de foin, de sa grand-mère Paulette qui lui avait prédit un grand avenir à la naissance. Elle lui fait parfois aussi écouter des chansons dans l'auto-cassette de la voiture. Combien de trajets ont-ils passés à s'émouvoir sur un couplet de Brel ou à s'amuser des bons mots de Brassens ? Le vocabulaire fleuri du chanteur impose à Mathilde de jouer les interprètes. Quand un jour a résonné « Gare au gorille », Mathilde a d'abord balbutié puis éclaté de rire. Le docteur, quant à lui, fait découvrir à sa conductrice les grands airs sud-américains qui ont bercé sa jeunesse. En quelques rares occasions, mû par un joyeux accès de folie, il pousse la chansonnette en agitant le doigt en l'air comme un chef d'orchestre endiablé. Ce Luis non plus, elle ne l'avait jamais vu. Alors Mathilde se sent gaie. Ou plutôt, se dit-elle, sa gaieté trouve enfin un réceptacle où s'épanouir en toute liberté. La liberté. C'est un mot que Luis emploie souvent et qui ne faisait pas partie jusqu'à présent du champ lexical de la jeune secrétaire.

C'est aussi la première fois qu'elle se rapproche d'un homme sans s'inquiéter du danger ni se trouver obligée de jouer le rôle de la femme. Pas de séduction ni de rapport de force entre eux. Juste le plaisir d'être ensemble, le plaisir d'être eux-mêmes. Si elle devait qualifier la nature de leur lien, elle aurait envie d'appeler Luis son ami. Mais cette simple idée lui apparaît bien audacieuse, presque transgressive. Elle a l'impression diffuse qu'avec leur attelage improbable, ils volent quelque chose à quelqu'un. À quelques-uns plus précisément. À son mari d'abord, qui serait blessé par leur complicité, même si leurs échanges emplis de pureté et de cérébralité ne sont jamais sortis du cadre de la bienséance. À son patron aussi, qui n'apprécierait sûrement pas cette proximité entre son assistante et un autre homme, même s'il y a peu de chances qu'il puisse un jour la soupçonner tant son schéma mental lui interdit d'imaginer une amitié homme-femme, pire encore, une amitié docteur-secrétaire. En laissant s'installer cette relation à moitié clandestine, ni vraiment permise, ni totalement interdite, c'est comme si elle bravait aussi leurs collègues, sa mère, son village et la société tout entière. L'existence même de leur connivence est par essence subversive. Et le plus bouleversant, pense-t-elle, c'est que Luis ne semble pas s'en rendre compte.

*

Leurs chemins se séparent chaque matin, après la grande porte battante de l'entrée principale.

— À ce soir docteur, votre taxi vous attendra à dix-sept heures quarante-cinq sur le parking.

— À ce soir *mi amiga*.

Luis rejoint la salle des professeurs, où il retrouve ses collègues avant le début des cours. L'occupation de l'espace et les interactions sociales dans ce local sont régies, selon une règle tacite, par appartenance géographique. À droite en entrant, les germanistes. Depuis la fin des années 1960, la faculté de droit et de santé de Lille a développé un programme d'échange avec l'Allemagne, une coopération destinée comme partout en France à renforcer l'axe franco-allemand et à construire la nouvelle Europe, dans l'espoir de tourner définitivement la page des deux guerres mondiales. Au centre, près de la bibliothèque et de la machine à café, c'est le coin des Français. Au milieu des volutes de fumée s'articule un ballet assez hétéroclite de jeunes enseignants en pulls bariolés et pantalons pattes d'eph à gros carreaux, et de professeurs de l'ancienne garde savamment costumés et cravatés. Et enfin au fond, près de la fenêtre, les Sud-Américains.

Habituellement, Luis rejoint avec plaisir le couple d'Argentins, Mauro et Clara, avec qui il s'est lié d'amitié. Elle est chercheuse en biologie moléculaire et lui, psychiatre de renom. La sœur de Clara a été enlevée au petit matin par les soldats un an auparavant et sa famille est sans nouvelles d'elle depuis. Ils ont dû quitter Buenos Aires précipitamment car ils faisaient tous deux partie du même réseau qu'elle. Luis aime beaucoup ce couple qui brille par son intelligence, son humilité et son sens de l'humour. Il trouve quelque chose d'apaisant dans leur entente sans faille, quelque chose de familier qui lui rappelle son amour pour Nora.

Mais ce matin, ses compagnons ne sont pas encore arrivés quand il se dirige vers la bouilloire d'eau chaude et les tasses à maté, ces calebasses en courge dans lesquelles l'Uruguayen et ses congénères boivent leur boisson préférée entre chaque cours. Luis salue Federico, un autre de ses amis, ou plutôt un collègue. Si les circonstances de la vie ne les avaient pas amenés à travailler ensemble dans cette université du bout du monde, ces deux-là ne se seraient jamais côtoyés – et Luis ne s'en serait que mieux porté. Avec son air arrogant, le Chilien a le don de l'irriter.

Il semble convaincu de la supériorité de tout ce qui se rapporte à lui : son diplôme, la qualité de ses cours (le plaisir qu'il prend à étaler le nombre d'étudiants dans son amphi), son logement, ses conquêtes françaises… Même sa dictature semble lui procurer un sentiment de fierté, tant il se plaît à la décrire comme infiniment plus sanguinaire que les autres.

Luis ne s'attarde pas et préfère se concentrer sur la préparation de son infusion. Selon un rituel immuable, il sort délicatement les feuilles vertes de leur vieille boîte en fer et remplit sa calebasse. Il retourne la tasse sur sa paume et la secoue plusieurs fois pour séparer la poudre des feuilles, verse un peu d'eau froide, puis de l'eau tout juste frémissante. Ses gestes sont exécutés avec une aisance et une précision qu'il a reçues en héritage. Le maté est prêt. Luis tire sur sa *bombilla*, la grande paille métallique par laquelle il aspire son breuvage. Dans l'amertume de son maté, il sent l'odeur de sa terre, il entend les rires de ses amis restés au pays, les palabres des vieux Montévidéens assis en cercle, les chants des gauchos au coin du feu. Il y voit les mains nervurées de sa mère qui accomplit le même cérémonial chaque jour que Dieu fait depuis sa plus tendre enfance. Elle est sûrement en train de dormir à l'heure qu'il est, ou peut-être est-elle réveillée par les cris des escadrons qui fouillent la ville encore et encore à la recherche de révolutionnaires qu'ils ont pourtant éradiqués depuis longtemps. Ce soir, il lui écrira, se promet-il. Il lui dira qu'il va bien, qu'il est en sécurité ici, qu'elle doit dormir en paix. Et que bientôt, le plus tôt possible, il rentrera pour la serrer dans les bras.

Il est déjà huit heures quarante-cinq, Luis rejoint le grand amphithéâtre lambrissé de bois foncé. Il aime observer ses étudiants entrer dans l'enceinte seuls ou par grappes, encore alanguis par les effluves de la nuit. Ils sont une centaine à suivre son cours d'anatomie générale. Lui, le professeur émérite en son pays, aurait pu vivre comme une humiliation de devoir apprendre à des étudiants de première année le fonctionnement du corps humain. Mais il prend un certain plaisir à décrire par le menu, et dans la langue de Voltaire qui plus est, l'incroyable miracle de la vie qui se déroule à chaque instant en chacun de nous. Il s'efforce de leur transmettre la beauté de cette chorégraphie bien huilée où chaque partie joue son rôle pour faire vivre l'ensemble, et où le moindre grain de sable peut faire dérailler le tout. Il se délecte de leur apprendre des mots aussi savoureux que « axe hypothalamo-hypophysaire », « corps pinéal », « glandes parathyroïdes » ou encore « îlots pancréatiques », un vocabulaire médical dont l'acquisition lui a demandé un effort titanesque.

Ce matin, Luis a choisi de leur parler du thorax et de l'abdomen, quand il se rend compte qu'il est passé depuis des mois à côté de l'essentiel, trop concentré sur la juste prononciation du jargon médical et sur sa crainte de ne pas être à la hauteur des attentes de l'université. Le professeur marque une pause, regroupe ses feuilles sur le pupitre devant les yeux de ses élèves médusés et leur dit :

— Je me suis trompé. Je vous ai trompés. Ce n'est pas connaître l'anatomie humaine dans le détail qui fera de vous de bons médecins. J'aurais dû commencer par là. C'est indispensable certes, mais le savoir, la technique, ce n'est pas suffisant. Vos patients ne sont pas un ensemble de tissus, de muscles et d'organes, et encore moins des pathologies ou des statistiques. Vous allez avoir en face de vous des hommes, des femmes, des enfants, chacun avec leur propre histoire. Chacun d'entre eux est le fruit de son environnement, de ses géniteurs, de son parcours. Tout comme nous, ils sont une somme de hasards, de choix, de risques, de rencontres. Un amalgame de souffrances, de bonheurs, de plaisirs, de bassesses, d'envies, de lâchetés, d'exploits, de rendez-vous manqués, de réussites, d'échecs, de mensonges, d'angoisses, de déclarations d'amour, de non-dits, de lectures, de chansons, de rêves, d'ambitions, de compromis.

Il ajoute en baissant la voix : « Et de compromissions parfois. »

— Et vous ne pourrez pas mener à bien votre mission si vous ne les voyez pas comme tels. Je ne vous demande pas de connaître la vie de vos patients sur le bout des doigts, vous n'en aurez ni le temps, ni l'utilité. Et il est primordial de garder suffisamment de distance pour ne pas s'engouffrer dans la douleur de l'autre. Vous aurez besoin de toute votre lucidité pour être un bon praticien, mais il vous faudra aussi convoquer toute votre humanité. Vous avez choisi ce métier pour raccommoder les vivants, les soigner, c'est-à-dire, au sens littéral du terme, prendre soin d'eux. Vous devrez aussi parfois les accompagner dans la mort, et ce n'est pas d'un expert en anatomie dont ils auront besoin au moment du grand passage, mais d'un modeste soutien qui leur reconnaît leur condition d'être humain, d'égal à égal et dans la dignité. Et croyez-en mon expérience, cette attitude d'humilité et de fraternité ne court pas les hôpitaux.

En levant les yeux vers ses étudiants, Luis sait qu'il a fait mouche. Au milieu des années 1970, un tel discours est inhabituel dans les universités et pourrait presque passer pour provocateur. Par son envolée lyrique, il a touché dans le mille les cœurs gonflés d'idéaux de ces jeunes gens. Le professeur se réjouit un instant de leur transmettre ce qu'il considère comme le fondement même de la médecine moderne. Pour un instant seulement, car la seconde d'après sonne l'heure du retour au réel, du retard, des horaires, des contraintes. Il range ses feuilles de cours dans son cartable en cuir et prend congé de ses disciples. En descendant de l'estrade, il se revoit signer les constatations de décès des torturés de Montevideo, la plupart ayant le même âge que ses élèves, des enfants, et il se demande : « Il était où, à ce moment-là, le grand professeur humaniste ? »

*

À l'heure du déjeuner, Luis rejoint généralement Clara et Mauro dans le réfectoire réservé au personnel de la faculté. Là, ils s'attablent tous les trois ou avec d'autres étrangers. Rarement avec les médecins ou chercheurs français, sans vraiment savoir pourquoi, par simple habitude sans doute, ou peut-être parce que ces derniers, sans pour autant se montrer hostiles, n'ont jamais eu la présence d'esprit de les inviter à leur table. Il y croise parfois Mathilde qui prend sa pause avec les autres secrétaires. Avec ses robes à trois trous imitation Courrèges, sa longue chevelure auburn et son inaltérable sourire, elle détonne au milieu de ses voisines. Mais elle se sent bien avec ces femmes plus mûres, à qui on ne saurait d'ailleurs trop donner d'âge, même si leurs lunettes épaisses les trahissent. Luis et Mathilde se font un signe de la main, se glissent un discret « à ce soir », mais restent à l'écart l'un de l'autre. Il ne leur viendrait pas à l'idée de partager leur repas.

À quatorze heures trente, le docteur se dirige vers l'une des petites salles de cours pour y dispenser ses travaux dirigés, puis rejoint le laboratoire où il passera le reste de la journée. C'est le moment qu'il préfère. Seul ou avec ses deux doctorants, il s'y sent bien. Il aime le calme extrême qui y règne et les élucubrations neuronales qui saturent l'atmosphère. Son œil et ses pensées sont entièrement tournés vers son microscope, ce qui a pour conséquence immédiate d'accélérer le temps.

Luis dirige le (tout petit) département de médecine tropicale. Ses recherches, il faut bien le dire, ne sont pas auréolées du prestige qui entoure d'autres spécialités comme la lutte contre le cancer ou le diabète. Mais Daller a voulu se différencier de ses confrères en créant un centre à la pointe de l'étude des pathologies tropicales, et a laissé carte blanche à Luis pour analyser les bactéries, parasites et virus responsables d'affections exotiques telles que la dengue, la maladie du sommeil ou la leishmaniose. Le doyen suit régulièrement les avancées du docteur et de son équipe, et traite toujours l'Uruguayen avec beaucoup d'égards et de sympathie. Même s'il lui semble régulièrement nécessaire de rappeler que c'est lui qui tient les cordons de la bourse et que le sort de ce département, « comme le vôtre, mon cher ami », repose entre ses mains. Il se fait également un malin plaisir à sous-entendre que Mathilde, sa « précieuse Mathilde », ne lui a été « affectée » que par son bon vouloir.

Daller a toutes les raisons d'être satisfait du travail de Mathilde. Elle le materne du matin au soir avec une application de chaque instant qui flatte son ego boursoufflé. Elle range son bureau, trie ses papiers, vide sa poubelle et débarrasse son cendrier qui déborde comme un volcan. Elle s'enquiert de son sommeil quand il a l'air fatigué, s'inquiète pour sa santé à la moindre toux, le sermonne gentiment quand il travaille trop. Elle fait tout ça naturellement, parce que c'est dans l'ordre des choses. Parce que c'est le patron, parce qu'elle est secrétaire. Parce que c'est un homme, et elle, une femme. À la moindre difficulté, le doyen crie « Mathilde ! » et elle accourt.

Elle planifie chaque minute de son temps, lui annonce ses prochains rendez-vous, tape à la machine les lettres qu'il lui dicte, trop vite, pour la mettre au défi, parce que la possibilité de son échec est amusante pour lui. Parce qu'il n'a jamais su ce que c'est que de risquer sa place. Elle cale ses déjeuners et ses déplacements professionnels. Elle lui rappelle l'anniversaire de ses enfants, envoie le plombier à son domicile en cas de fuite. La femme du doyen ne travaille pas mais elle n'aurait « ni l'idée, ni le temps » de s'en charger elle-même. Mathilde connaît bien Mme Daller. Une très belle femme, grande, mince, blonde. Elle doit avoir quinze ans de moins que son mari. Quand elle l'appelle au bureau, l'assistante reconnaît instantanément au son de sa voix si elle est énervée contre lui.

— Elle m'emmerde ! crie parfois Daller en raccrochant rageusement le combiné après un coup de fil tendu.

Mathilde ne comprend pas comment on peut parler aussi grossièrement de son épouse mais ne juge pas son patron, dont elle a apprivoisé les outrances de langage.

Au-delà de ses humeurs, elle connaît aussi très bien les goûts de la femme du doyen. C'est à elle que revient la charge de trouver les présents post-escapades, ceux que Monsieur offre pour se donner bonne conscience, les plus chers en général, et qui ont pour unique objectif d'acheter la paix du ménage. La plupart du temps, Daller envoie Mathilde dans des boutiques où elle n'aurait jamais osé mettre les pieds. Les vendeuses la toisent jusqu'à ce qu'elle sorte la liasse de billets que son patron lui a donnée, sans avoir la délicatesse de se rendre compte qu'il faudra à la secrétaire plusieurs mois de travail pour gagner ce qu'elle va dépenser en quelques minutes pour son épouse. Sans avoir songé au fait que, même si elle n'est pas envieuse, elle aura du mal à se départir du sac Hermès, de la veste Chanel, de la robe Courrèges – une vraie, celle-là – qu'elle aura essayés pour s'assurer qu'ils plairont à Madame. Mais tout cela n'est pas bien grave car l'un comme l'autre y trouve son compte : il en ressort bouffi de son importance, elle est rassurée par le sentiment d'être indispensable.

*

Le soir après le travail, Mathilde monte parfois chez Luis pour l'aider à remplir une énième demande d'autorisation d'entrée sur le territoire pour Nora et les garçons. Dieu que ces papiers sont compliqués. À croire que le gouvernement français, malgré ses grands discours, ne veut pas réunir les familles. Pendant qu'elle s'évertue à rassembler les pièces à fournir pour compléter leurs dossiers, son hôte lui prépare un maté. Mathilde n'aime pas beaucoup cette boisson au goût amer mais elle est fascinée par sa lente préparation. Quand l'infusion est prête, il lui tend la calebasse comme un prêtre offrirait le calice à ses fidèles. Elle boit de bon cœur, en réprimant une grimace. Il s'assied près d'elle au milieu des papiers éparpillés et tire sur sa *bombilla* en lui racontant les dernières nouvelles de Nora. Toutes ses lettres disent la même chose, c'est-à-dire pas grand-chose.

Luis connaît la prudence de sa femme. Il soupçonne autant qu'elle les autorités de lire le courrier destiné à l'étranger. Toutes les enveloppes ne sont peut-être pas ouvertes – ce serait impossible puisque d'après les chiffres qui circulent sous le manteau, ils sont près de cinq cent mille Uruguayens à avoir, comme lui, fui le pays –, mais les gardiens du régime sont suffisamment astucieux pour faire peser le doute. C'est la force des dictatures que de faire germer dans les esprits, même les plus libres, la graine de l'autocensure. Contrôler ou interdire les journaux, les syndicats, les partis, la justice et jusqu'au Parlement ne leur a pas suffi. Maintenant ce sont les mots qu'ils embastillent.

Depuis des années déjà, il est interdit d'utiliser le nom « Tupamaros » ou l'un de ses synonymes. Le pouvoir ne s'est pas contenté de nier l'opposant en le supprimant physiquement, il lui a fallu aussi l'éradiquer symboliquement. Mais c'était compter sans l'ingéniosité des Uruguayens, bien plus habitués au débat politique et à la démocratie que leurs voisins latino-américains. Ainsi dans les journaux, tout du moins ceux qui n'ont pas encore été interdits, on contourne le décret en les appelant les « Innommables », les « Séditieux » ou encore « Ceux qui prirent le nom de Tupac Amaru »[1].

En de rares occasions, Nora s'aventure elle aussi à parler en code. Elle maîtrise mieux que personne l'art de l'antiphrase et du double langage. En reprenant le vocabulaire officiel et en faisant mine d'y adhérer, elle informe son mari de la détérioration dramatique de la situation politique. C'est elle qui lui apprend la grande purge qui s'est abattue sur l'Université de la République peu après son départ :

---

1. L'organisation Tupamaros a choisi son nom en référence à Tupac Amaru, un chef péruvien qui dirigea un soulèvement contre les Espagnols au XVIIIe siècle. La révolte se solda par un échec et par l'exécution du héros national par les forces colonisatrices mais un mythe était né, inspirant des générations de révoltés.

Mon amour,

Je comprends mieux maintenant pourquoi tu nous as quittés. Tu as dû vivre un enfer au travail. L'Université est devenue un refuge de conspirationnistes. Ces gens-là sont un véritable danger pour notre patrie, pour nos institutions et pour notre sécurité. Le campus n'est plus qu'un misérable lieu d'endoctrinement de la jeunesse par l'idéologie marxiste. Heureusement notre cher président Bordaberry va remettre de l'ordre. Les enseignants, comme tout employé de l'État, et c'est bien normal, doivent signer une « déclaration de foi démocratique » par laquelle ils jurent solennellement ne jamais avoir appartenu à une de ces dangereuses organisations révolutionnaires qui menacent notre démocratie. Dieu merci elles ont toutes été interdites ! Quelques scélérats ont refusé de signer et ont été licenciés. Je prie pour qu'ils soient traduits en justice, comme cet ignoble professeur de droit qui habitait dans notre rue ou ce jeune chercheur en médecine, celui avec les grandes boucles rousses, qui t'a donné tant de fil à retordre l'année dernière.

Je t'enverrai demain des nouvelles des enfants qui vont bien et qui t'embrassent.

Quant à moi, je te serre tendrement contre mon cœur.

Nora.

Dans un message cryptique, elle lui annonce aussi l'arrestation de Gustavo, son ami d'enfance, après la nouvelle année. Visiblement, elle n'a que très peu d'informations sur ce qui s'est passé, ou peut-être a-t-elle trop peur de s'étendre. Elle ne consacre que quelques lignes sibyllines à l'événement, laissant Luis ahuri et terrifié. Pour être sûr de bien comprendre, il lit et relit cette phrase à voix haute comme on déchiffre une charade :

> *Celui qui faisait le poirier sur la rivière Arroyo del Sauce* [aucun doute possible, elle fait référence à Gustavo et à leurs jeux d'enfants au bord de l'eau à Melo, la ville où ils ont grandi, que Luis lui a si souvent contés] *a glissé dans un trou rue de la Liberté.*

La superposition de ces derniers mots lui indique le pire, même si Luis cherche en vain d'autres explications : son ami a été incarcéré à la prison de la Liberté.

Le lendemain matin dans la voiture, en racontant à Mathilde cette nouvelle qui l'a rongé d'inquiétude toute la nuit, il lâche :

— Vous vous rendez compte de leur perversité, quels monstres sont-ils pour appeler une prison Liberté ?

Pour la première fois, Mathilde entend la haine dans le tressaillement de sa voix et dans le claquement lourd de son poing qu'il laisse s'abattre sur son genou, impuissant et rageur.

Mais quand il s'agit des enfants, Nora laisse sa plume courir librement sur le papier puisque, comme elle le dit avec une ironie frôlant l'irrévérence, « notre bon président autorise encore les parents à prononcer le prénom de leurs enfants ». Elle décrit au fil des pages et avec force détails les aventures de Juan et d'Eduardo. Incapable de se concentrer sur la paperasse, Luis ne résiste pas au plaisir de les relater à Mathilde qui en oublie elle aussi ses formulaires. Parfois il lui lit des extraits entiers en espagnol avant de les lui traduire. Elle ne comprend pas un mot de ce qu'il dit mais s'attendrit devant la douceur de sa voix quand il parle de ses fils. Avec le temps, elle arrive même à distinguer au ton qu'il emploie s'il lit un passage sur l'un ou sur l'autre.

Ce soir-là, alors que Mathilde a accompagné le professeur jusqu'à son appartement pour l'aider à porter les sacs de provisions qu'ils viennent de lui acheter, Luis lui dit sur un ton mi-enjoué, mi-mystérieux :

— On redescend, venez avec moi !

— Ah bon, déjà ? Je peux vous aider à ranger si vous voulez.

— Non, non, suivez-moi, lui répond-il en attrapant le pot en verre qui traîne dans l'entrée et qui regorge de pièces d'un et de cinq francs patiemment accumulées depuis des mois.

Dans la cage d'escalier, il lui explique :

— C'est l'anniversaire de Juan aujourd'hui, j'ai économisé pour pouvoir l'appeler. Ça va être une sacrée surprise, j'ai écrit à Nora pour la mettre dans le coup.

— Ah quelle bonne idée ! Bien sûr, je vais vous laisser.

— Non, pas du tout, ça me ferait plaisir que vous entendiez sa voix !

Mathilde se sent de trop dans la cabine téléphonique. Elle se glisse contre la paroi pour limiter la proximité physique que leur impose ce minuscule espace et qui la met un peu mal à l'aise. Luis compose le numéro, à mille lieues de ces considérations. Une voix féminine s'échappe du combiné qu'il tient collé contre son oreille. Mathilde en déduit que c'est Nora et s'en trouve, sans savoir pourquoi, encore plus gênée. Après quelques mots à peine, la voix disparaît. Luis est en suspension au bout du fil. Quand il entend son fils s'époumoner de joie « *Papá, Papá, Papá* », lui d'habitude si placide se perd dans un tourbillon d'émotions. Son sourire radieux laisse place à un rire incontrôlé dans lequel s'invitent soudainement quelques larmes. Le téléphone, cet ogre insatiable, avale les pièces de monnaie plus vite que le docteur ne peut les y insérer. Il répète en les faisant tomber une à une dans les fentes « *Feliz cumpleaños mi amor, feliz cumpleaños mi amor.* » Il semble avoir oublié la présence de Mathilde qui tente imperceptiblement de s'extraire de la cabine sans perturber la conversation. Plaquée contre la vitre, elle parvient à se rapprocher de la porte quand Luis décolle l'écouteur de sa tempe et le dirige vers elle, comme une offrande qu'il lui présenterait. Elle tend l'oreille, intriguée. Le petit garçon récite fièrement à son papa une poésie qu'il a apprise à l'école. Ils écoutent l'enfant et se regardent en souriant. Le père n'est pas moins fier que le fils et scande à voix basse les vers en même temps que son garçon. Mathilde, elle, est toute retournée par ce joli timbre qu'elle entend pour la première fois. Et par ce papa soudain redevenu gai, si vulnérable et si touchant.

Mais ce qui la bouleverse le plus, c'est l'élan qu'il vient d'avoir pour elle. Un petit geste spontané dont ni l'un ni l'autre ne mesure l'ampleur et qui vient de créer entre eux plus qu'une complicité, le début d'une intimité.

*

Il pleut ce soir-là et la nuit est déjà tombée. Mathilde grelotte en montant dans la voiture. Elle tourne la mollette du chauffage à fond, en sachant qu'il lui faudra presque l'entièreté du trajet pour se réchauffer. Le crachin sur le pare-brise est aussi morose que l'air de Luis. Le docteur est ailleurs. Il n'a pas la force de faire semblant. Après avoir lancé en vain quelques pistes de conversation, Mathilde se tait. Elle sait.

En se garant en bas de son immeuble, elle se tourne vers lui :

— Ils finiront par reconnaître l'éminent médecin que vous êtes.

Luis est stupéfait par la justesse de sa remarque. D'où lui vient cette aisance à lire en lui, alors que lui-même peinait à déchiffrer la cause de son mal-être ?

Il cherche quelque chose à répondre. Mathilde a soulevé mille et un sujets, mille et une blessures. Il pourrait lui parler encore et encore de sa femme, de ses enfants, du maté et des matins brillants sur la Rambla. Mais il pourrait aussi aller plus loin, se glisser dans la porte que Mathilde vient de lui ouvrir. Il pourrait dire ce qu'il n'ose jamais lui dire, parce que ce n'est jamais le bon moment, et parce que personne n'a envie d'entendre ça. Il pourrait lui raconter le mal du pays, la solitude, le déracinement. Il pourrait lui confier la culpabilité qui le ronge de vivre ici un quotidien doré et sans danger alors que sa famille, ses amis, son peuple tout entier ploient sous la terreur. Comment peut-il traverser les journées ? Travailler, manger, discuter ? Comment peut-il même respirer alors que son pays s'enfonce dans les ténèbres ? Il est libre et en sécurité. Ils ont une cagoule sur la tête. Dans son exil, il ne s'est pas affranchi des griffes de la dictature. De leur main invisible, ses bourreaux le tiennent toujours par le col. Luis, comme tous les réfugiés, charrie les cauchemars auxquels il tente d'échapper. Partout ce même souffle coupé par l'effroi, ces mêmes réveils nocturnes dans la sueur et la peur.

Il pourrait, oui, décrire n'importe lequel de ces démons. Mais en cette froide soirée d'hiver, c'est autre chose que les mots de Mathilde invoquent. Une douleur plus vive encore, parce que son orgueil l'empêchait de la nommer. Celle de la marginalité. De la chute.

À la honte d'avoir quitté le navire vient s'ajouter la disgrâce du déclassement social, qu'il expérimente pour la première fois de son existence. Il était médecin, professeur, intellectuel, le voilà immigré. Certes, il enseigne toujours. Mais comme invité. Sur un geste de charité. Pour un temps. Faute de mieux.

Mathilde est trop consciente de ce qui se joue pour le laisser s'enfoncer. Elle ressent dans sa chair le rejet dont Luis est victime. Rien de flagrant, juste quelques petites réflexions ici ou là des grands pontes ou aspirants médecins. Des qualitatifs anodins dont ils affublent les docteurs étrangers, les « Latinos », les « Sud-Am », des catégorisations qui n'ont l'air de rien mais s'érigent comme des barrières. Certains vont plus loin et cachent à peine leur réticence à l'accueil de ces « métèques » qui feraient mieux de reprendre l'avion. « On ne peut pas héberger toute la misère du monde », « S'ils veulent faire la révolution, qu'ils la fassent chez eux ! » entend-elle ici ou là.

Elle-même n'échappe pas à leurs commentaires acerbes. « Tu n'es pas avec ton Chilien ce matin ? », « Si vous n'êtes pas trop occupée avec vos amis "réfugiés" [prononcé avec des guillemets dessinés dans l'air avec les doigts pour bien montrer qu'on n'est pas dupe], vous pourrez me photocopier cet article de la *Revue de la médecine* s'il vous plaît ? ».

Elle serre les dents, comme elle a appris à le faire depuis son arrivée à la fac. Elle comprend mieux que personne ce sentiment d'exclusion qui assombrit le visage de son passager.

— Je les connais, insiste-t-elle. Ne les laissez pas vous atteindre. Le problème avec la honte, c'est qu'elle vous fait honte. Je suis bien placée pour le savoir.

Et c'est comme si elle avait ouvert la porte d'un placard rempli à craquer. Dans une avalanche de mots, elle se met à lui raconter. Au fur et à mesure que la voiture s'emplit de buée, elle lui dit tout. Tout ce qu'elle ne s'est pas avoué à elle-même, tout sur leur roguerie, les petites humiliations du quotidien qu'elle subit sans rien dire, sans même en avoir conscience parfois, depuis qu'elle travaille à la fac.

— Je peux vous le dire à vous, docteur, Luis, si je puis me permettre, parce que vous ne me traitez pas comme ça. Vous me voyez comme Mathilde.

Juste Mathilde. Mais pour eux, je suis une femme, je suis jeune, je n'ai pas de diplôme, je viens de la campagne. On dirait que j'ai gagné le gros lot ! Je coche toutes les cases, un vrai pot-pourri… Je ne sais pas pourquoi je déverse ça sur vous ce soir, alors que c'est vous qui avez le moral dans les chaussettes. Enfin si, je sais. C'est pour vous dire qu'il faut s'accrocher, ne pas se laisser engloutir par leur condescendance. Il faut mépriser leur mépris. Moi, je m'entraîne devant la glace. Je parle comme Mme Daller, avec des beaux *a* bien plats et des beaux *o* bien ronds : « Merci maaa chère Maathilde, vous êtes gentille », « Nous serons quââââtre pour le dîner », « Ce rôôse vous va à ravir ». Je sais bien que je ne vais pas rattraper vingt-cinq ans d'éducation en quelques mois. Je ne peux pas citer Heidegger, d'ailleurs je n'avais jamais entendu son nom avant d'arriver ici, je n'ai pas lu l'*Odyssée*, je ne comprends qu'à moitié ce que dit Sartre, vous le savez, on en a discuté assez souvent. Je n'ai vu aucun des films de la Nouvelle Vague, je ne suis jamais allée à l'opéra, leur sacro-saint jazz sonne faux à mes oreilles et pour tout vous dire m'ennuie à mourir ! Comment voulez-vous qu'ils s'intéressent à moi ? Je n'ai pas leurs codes, pas leurs références, je n'ai pas leurs mots ou leurs tournures de phrases. Je n'ai pas non plus leur physique, leur façon de s'habiller ou même de se mouvoir. J'ai beau les observer, lisser mon accent un peu trop ch'ti, gominer mon rire, rallonger mes jupes, rien n'y fait. Il y aura toujours un détail pour me trahir. À part à la maison et dans cette voiture avec vous, je ne suis chez moi nulle part. Trop bourgeoise dans mon ancien monde, trop plouc dans le nouveau.

Perdue dans ses pensées, elle ajoute, comme pour elle-même :

— Je l'ai compris maintenant, je l'ai accepté même, je ne ferai jamais partie de leur monde.

Elle a dit ça comme on dresse un constat, sans savoir si elle le regrettait ou pas.

— Le mieux que je puisse faire, c'est apporter ma petite contribution pour le rendre un peu meilleur, même si c'est à leur insu. Et vous, c'est ce que vous faites déjà, Luis. Vous rendez leur monde plus beau. De l'intérieur. Vous leur donnez le supplément d'âme qu'ils n'ont pas. J'entends les élèves parler de vous, de vos cours. On ne leur a jamais appris ce que vous leur enseignez. On leur a dit depuis toujours qu'ils seraient les meilleurs, qu'ils allaient soigner, réparer, recoudre, ressusciter peut-être. Mais vous, vous leur transmettez ce que tous les médecins devraient avoir : le sens de l'autre. Vous n'êtes pas subitement devenu un homme différent en atterrissant dans ce pays. Vous êtes celui que vous avez toujours été, quelqu'un de bien, un humaniste. Alors il faut vous battre, il faut leur résister, à tous ces chefaillons imbus de leur personne, et leur montrer de quel bois vous êtes fait !

Luis est envahi par une bouffée de gratitude envers Mathilde qui, sans le savoir, vient de lui faire le plus beau des cadeaux : ne pas le voir tel qu'il est. Elle est aveugle à sa laideur, à sa lâcheté. Depuis le jour où il s'est retrouvé pour la première fois à la caserne, ce jour maudit où il a désavoué qui il était, il lui semble qu'il ne pourra désormais être apprécié que sur un malentendu. Mais Mathilde lui donne envie d'être à la hauteur de ce qu'elle perçoit de lui. Cette jeune femme qui est entrée dans sa vie, c'est la lumière, c'est l'espoir. L'espoir d'une réconciliation avec lui-même, mais aussi la possibilité de faire la paix avec les autres, de placer à nouveau un peu de foi en l'être humain. Avec sa fraîcheur, son enthousiasme, Mathilde lui rappelle que la bonté n'est pas une anomalie, mais bien une réalité de notre espèce. Décidément leur rencontre ne doit rien au hasard. Avec elle, il oublie qu'il a mille ans et qu'il ne croit plus en rien, pas même en lui-même. Elle lui redonne la force qui l'avait abandonné. Oui, ça y est, il est prêt à repartir au combat. Et pas seulement contre les quelques collègues qui le traitent comme un moins-que-rien, mais contre ceux qui l'ont réduit en charpie, et tout un pays avec lui. Se battre, résister, c'était à portée de main et il lui a fallu cette frêle jeune femme au cœur plus grand que sa petite vie pour s'en apercevoir.

Luis reste un long moment silencieux, la tête légèrement baissée. Puis il lève les yeux vers elle et lui dit :

— Je suis tombé sur une phrase de Pablo Neruda l'autre jour. Elle m'a fait penser à vous. À bien y réfléchir, je pense même qu'il l'a écrite pour vous ! Désolé pour le tutoiement, j'espère que vous n'allez pas me trouver trop familier. Ça disait :

« Mais je n'aime tes pieds
que pour avoir marché
sur la terre et aussi

sur le vent et sur l'eau
jusqu'à me rencontrer[1]. »

— Ne soyez pas désolé, on peut se tutoy…

Dans le long baiser qui l'interrompt, l'univers s'est dépeuplé. Plus d'universitaires prétentieux, de commandant boursoufflé, de mari incolore. Plus de Maria, de Nora, de Daller, de mère enchiconnée, d'amis encagoulés. Même plus d'enfants adorés. Il n'y a qu'eux dans cette nuit glaciale et providentielle, il n'y a qu'eux dans cette 4L blanche aux vitres embuées qui est le plus beau des radeaux.

Au bout de ce baiser, le vertige. Et l'évidence.

---

1. Pablo Neruda, *Vingt poèmes d'amour et une chanson désespérée*, *op. cit.*

6

« Il n'est que ton regard pour s'opposer au vide,
en face du non-être il n'est que ta clarté :
il n'est que ton amour pour refermer la nuit. »
Pablo Neruda, *La Centaine d'amour*

Lille, février 1975

Le lendemain matin Mathilde met en place une organisation différente. Elle s'arrange pour arriver chez Luis un peu avant l'heure du rendez-vous et s'offre le plaisir de guetter celui qu'elle appelle désormais, dans le secret de son cœur, son amoureux. Pendant ces quelques minutes, elle est entièrement tendue vers lui et son apparition imminente. Elle l'attend, au pied de ce perron qui devient pour elle l'antichambre du bonheur. Et lorsqu'elle le voit descendre prestement les quelques marches qui le mènent à elle, sa fébrilité laisse place à un bouillonnement de joie qui dure tout le chemin. Dans la voiture qui est désormais leur cachette, ils se racontent encore, s'effleurent, s'enivrent l'un de l'autre. S'ils arrivent en avance, elle se gare sur le parking le plus éloigné de la porte d'entrée de la faculté et ils marchent dans la rue, côte à côte, « comme un vrai couple », se dit Mathilde. À se promener ainsi aux côtés de Luis, elle irradie de fierté. Elle meurt d'envie de lui prendre le bras et de crier au monde entier qu'ils sont ensemble. Quand ils se quittent dans le hall de l'université commence le compte à rebours. La journée ne sera qu'une succession de minutes dont chacune les rapproche un peu plus de leurs retrouvailles.

Très vite, les deux trajets quotidiens ne suffisent plus aux amants. Ils élaborent une stratégie pour passer plus de temps ensemble. Mathilde explique à son mari qu'elle croule sous le travail et qu'elle va devoir élargir ses horaires. C'est la première fois qu'elle lui ment et, ce faisant, elle a l'étrange impression de se dédoubler et d'assister, honteuse, à la scène. Au fond d'elle, une petite voix la sermonne : « Tu ne mentiras point, ça te dit quelque chose ? », « Tu as juré fidélité jusqu'à ce que la mort vous sépare, non ? » Mais à chaque remontrance, une autre voix lui oppose qu'un si grand bonheur ne se refuse pas. Que ces arrangements avec la vérité sont excusables, car nécessaires pour éviter le parjure qu'elle ne se pardonnerait jamais : se refuser à cet amour inouï qui lui est offert. Après négociation, elle obtient la permission de Paul de finir plus tard quelques jours dans la semaine.

Lundi, mercredi, jeudi, trois fois soixante minutes pendant lesquelles ils font l'amour, beaucoup et avant tout. Mathilde explore un monde qui lui était jusqu'alors inconnu : le désir. Elle avait accepté depuis longtemps, comme une fatalité, de faire partie de celles qu'on désigne comme « peu portées sur la chose ». Elle s'adonnait sans grand plaisir à son devoir conjugal. Sans dégoût non plus. Elle faisait simplement, une ou deux fois par semaine, ce à quoi elle n'imaginait pas pouvoir échapper, parce qu'il le fallait bien. Mais avec Luis, c'est différent. Sa façon de la caresser, ses mots doux qui se font crus et ses baisers lui donnent accès à une féminité dont elle ne se savait pas dépositaire. Elle se découvre avide et ça lui plaît. À peine rentrés dans l'appartement, ils se jettent l'un sur l'autre, soir après soir, avec l'urgence de ceux qui n'ont pas le droit de s'aimer. Comme une écolière qui apprendrait une langue étrangère, Mathilde est peu assurée au début. Elle se lamente de son inexpérience, se voudrait plus experte en la matière. Comment trouver l'audace de lui montrer avec ses mains, sa bouche, son corps tout entier, le feu qui brûle sous sa peau ? Elle aimerait avoir plus d'imagination, inventer avec Luis une nouvelle façon de s'aimer, un langage sexuel qui n'appartiendrait qu'à eux. Elle s'évertue d'ailleurs à ne pas répéter avec lui les gestes qu'elle commet avec son mari. Chacune de leurs étreintes est pour elle un sanctuaire. Elle s'y abandonne avec une intensité qui confine au sacré. Dans l'ivresse de leurs ébats, c'est comme si elle s'arrachait le cœur à mains nues pour lui en faire offrande.

Mais ce qui émeut Mathilde, c'est l'après. Ce temps suspendu où ils s'oublient dans le silence, apaisés, où ils quittent un instant leurs corps repus pour ne plus être que deux âmes en lévitation. Elle qui est née pudique reste nue pendant de longues minutes, s'offrant au regard de son amant sans peur d'être jugée. Elle voit cette aisance soudaine comme une revanche sur l'éducation pudibonde qu'elle a reçue, où la chair se veut sale et honteuse. Luis n'est pourtant pas homme à la complimenter sur son physique. Il l'aime sans flagornerie, et avec peu de mots. Mais Mathilde sait que leurs corps-à-corps ne trompent pas. Elle entend dans ses caresses mille serments d'amour. Là est leur vérité.

C'est lui en général qui met fin le premier à cette douceur silencieuse. Il s'assied sur le lit à côté d'elle et commente l'actu du jour en feuilletant *Libération*. Mathilde avale chacune de ses paroles. Elle mesure la chance qui est la sienne : aimer cet homme, c'est voir la vie s'agrandir, c'est respirer, enfin. Aimer cet homme, c'est sortir d'elle-même.

En de rares occasions, souvent provoquées par la jeune femme, ils se mettent à parler de leur relation. Ce jour-là, Mathilde, encore enflammée par leur étreinte, souffle quatre petits mots qui vont lui revenir en boomerang :

— Je suis à toi.

L'Uruguayen lui répond du tac au tac, avec une douceur et une franchise confondantes :

— Tu n'es pas à moi. D'ailleurs, contrairement à ce qu'on t'a enseigné sans même te l'énoncer clairement, tu n'appartiens à personne.

Et en ponctuant chacun de ses mots d'un baiser sur sa main, il ajoute :

— Ni à ta mère, ni à ton mari, ni à ton enfant, ni à ton Dieu, ni à ton pays.

Après un court silence, il enfonce le clou :

— Et surtout pas à moi. Je ne t'aime pas comme un trésor de guerre, je t'aime comme un oiseau qui me fait l'honneur de venir picorer dans ma main ouverte et qui peut s'envoler à tout moment. Oui, voilà, tu es une hirondelle, ma belle hirondelle. Toi et ton printemps, vous allez me quitter un jour. Ou peut-être est-ce moi qui partirai, parce que la vie en aura décidé ainsi.

Alors qu'ils se glissent tous les deux sous l'édredon pour profiter encore un instant de la peau de l'autre, Luis continue sur sa lancée :

— Je ne suis pas à toi non plus, nous le savons tous les deux. Nous devons nous aimer sans nous posséder. Nous aimer pour la beauté du geste, sans projections, sans construction, sans promesses. Mais sans mensonges aussi. Un amour débarrassé des conventions sociales, du devoir, de la routine, dénué de jalousie et d'obligations. Toi et moi, c'est l'Amour dans son essence la plus pure.

Mathilde se blottit contre lui. Encore un peu flottante, elle écoute ses paroles qui refusent de s'imprimer dans son cerveau. Bien sûr qu'elle lui appartient. À jamais, elle le sait.

S'il leur reste un peu de temps, Mathilde s'improvise maîtresse de maison. Elle enfile une chemise de Luis et virevolte dans l'appartement, ramassant une chaussette par-ci, passant un coup d'éponge par-là. Elle reproduit les gestes qu'elle considère comme alloués aux épouses. C'est la seule façon d'être femme qu'elle connaisse et elle trouve un réel plaisir à l'exercer dans la vie de celui qu'elle aime. En s'appropriant l'espace, elle leur dessine un quotidien de couple, leur fabrique une normalité et donc, d'une certaine manière, les sort de la clandestinité. Luis la regarde, attendri, créer ce semblant de vie commune dans lequel il trouve lui aussi calme et réconfort.

Et puis arrivent dix-neuf heures. Elle finit de se rhabiller, passe par la salle de bains pour couvrir de maquillage les traces de leur amour. Elle lui dit « je t'aime » en partant, il lui répond : « *Te quiero mucho* », et elle s'envole vers son vrai foyer. S'arracher à Luis lui demande chaque fois le même effort surhumain. Seule sur le palier, elle se sent amputée. Il lui manque déjà. Elle est loin d'être rassasiée mais doit revêtir le masque de l'autre Mathilde.

Une fois la porte refermée, Luis, lui, redevient le mari de Nora. Il s'assied à son bureau et entame une longue conversation épistolaire avec son épouse. Sous aucun prétexte il ne manquerait ce rendez-vous quotidien. Ils se sont fait la promesse de s'écrire tous les jours et ne pas l'honorer serait pour lui une trahison. Peu importe qu'il sorte à peine des bras d'une autre femme, en s'accrochant à son serment, il fait taire sa culpabilité.

Il commence toujours ses lettres avec la même formule, « *Mi vida* », comme s'il s'envoyait un message à lui-même. Peut-être pour se rappeler que sa vie est là-bas, ou pour ne pas oublier que sa vie, il la lui doit. Pas de grands sentiments ni de mots enflammés dans ses missives, cela ne leur ressemble pas. Il lui raconte ses journées, lui décrit ses nouveaux amis, évoque Mathilde parfois, « qui l'aide beaucoup et qu'il a hâte de lui présenter ». Jamais il ne s'épanche sur l'immense manteau de solitude dont il n'arrive pas à se dévêtir, et dans lequel, même, il aime à s'emmitoufler les soirs de pluie. Il ne dit rien de ses coups de mou, de ses angoisses, de ses regrets, de ses nuits sans sommeil, jugeant totalement illégitimes ses petits maux d'exilé au regard de ce que vivent ceux qui sont restés au pays. Tout au plus pose-t-il quelques questions qui laissent entrevoir sa nostalgie – « Maman a-t-elle cuisiné ses *empanadas* ce week-end ? » –, ou s'attarde-t-il avec humour sur les efforts incommensurables que lui et les autres réfugiés doivent déployer pour s'adapter à la culture française. « Ils n'arrivent pas à se mettre dans la tête qu'après vingt-deux heures, il faut faire moins de bruit », « Mauro ne comprend toujours pas à quoi sert le tracé des places de parking », et Clara, elle, « trouve les Français sympathiques mais bien trop rigides avec leurs horaires à respecter en toutes circonstances. Ça la fait beaucoup râler : "Pour le travail je veux bien mais franchement, qu'est-ce que ça change si j'arrive à dix-neuf heures ou à vingt heures pour l'apéro… ils pensent que ma vie est réglée comme du papier à musique. Un peu de place à la spontanéité, nom de nom !" ». Et il ajoute que cette expression est difficile à traduire mais que Clara l'utilise sans modération tant elle trouve ce juron délicieusement élégant. « Tellement français ! » dit-elle en se dandinant comme une dame du monde.

Et s'il en a la force, Luis écrit aussi à sa mère. Il lui raconte comme la France est belle. Il lui parle des petits villages de la côte normande, des routes fleuries de Dordogne et des oliviers de Provence. Il lui conte ces endroits qu'il ne connaît pas comme s'ils constituaient son quotidien. On est loin de Tourcoing et de ses barres d'immeubles mais est-ce bien grave tant que la carte postale la rassure, la convainc qu'il est bien dans ce pays, « l'un des plus beaux du monde » ? Il lui dit qu'un jour, il l'emmènera sur la French Riviera et qu'ils boiront du bon vin tous les deux en écoutant des chansons d'Édith Piaf. Il ne croit pas à ses mensonges mais il espère qu'elle, au moins, fera semblant d'y croire.

Avant de se coucher, il se livre à un dernier rituel. Il ouvre le placard de sa chambre et regarde son sac de voyage, celui que Nora lui a préparé le jour de sa fuite, celui que Mathilde a relégué au fond de l'armoire un jour de grand ménage. Ça le rassure de savoir qu'il est bien là, prêt au départ. Luis vit avec « la valise derrière la porte », un pied dans son pays d'accueil, l'autre déjà sur le chemin du retour.

Pendant ce temps, Mathilde rentre chez elle. Cinq minutes seulement après s'être arrachée à Luis, elle ouvre la porte de sa maison. Sophie lui saute dans les bras. La jeune maman plonge son nez dans le cou de sa fille pour aspirer à pleins poumons sa délicieuse odeur, celle qui lui fait tout oublier. Parfois la coquine ignore totalement sa mère, trop occupée à jouer avec son papa. Mathilde n'en prend pas ombrage, convaincue au fond d'elle-même qu'elle mérite cette punition. Paul est assis en tailleur à côté de la petite et empile avec elle des bâtons en bois pour former la tour la plus haute possible. Le moment est critique et le moindre geste maladroit peut faire tomber l'édifice.

— Oh nooooon, s'écrie Paul quand tout s'écroule, feignant une énorme déception, ce qui fait beaucoup rire Sophie.

Mathilde sent monter en elle une bouffée de tendresse, aussi douce que cruelle. Elle a tout et ça ne lui suffit pas. Qu'y a-t-il de plus merveilleux que ce qu'elle a sous les yeux ? Pourquoi n'arrive-t-elle pas à se contenter de ce bonheur ?

Elle s'approche de Paul, se baisse vers lui et l'embrasse dans les cheveux avec affection. Quand il lève les yeux vers elle en souriant, elle détourne le regard, imperceptiblement. Au fond d'elle une prière : pourvu qu'il n'ait pas envie de faire l'amour ce soir.

7

« De notre amour des vies naîtront.
De notre amour on boira l'eau.
Un jour peut-être
un homme
et une femme
à notre image
palperont cet amour, qui aura, lui, gardé la force
de brûler les mains qui le touchent.
Qui aurons-nous été ? Quelle importance ? »
Pablo Neruda, *Vingt poèmes et une chanson désespérée*

Lille, juillet 1975

Mathilde s'est habillée de sa meilleure humeur et de son plus joli fourreau, une robe longue et bleue comme la nuit qui s'annonce. Sa taille est soulignée, ses jambes, allongées, sa poitrine, sculptée. Elle se regarde dans le miroir, lève les bras et plie les coudes pour fermer sur sa nuque le col cheminée qui élève son port de tête et se prolonge en emmanchure américaine, laissant apparaître ses épaules nues. Elle se plaît. Elle espère surtout que Luis va la trouver à son goût. Elle se sent libre aussi. C'est la première fois depuis son mariage qu'elle va passer une semaine seule à la maison. Paul et Sophie ont pris la route la veille, avec le flot des juillettistes, direction la Corse. Mathilde les rejoindra plus tard, quand le docteur Daller se retirera dans sa maison du Rayol pour la pause estivale.

— Je ne peux pas le laisser seul, il serait complètement perdu au bureau sans moi, a-t-elle plaidé, partagée entre la culpabilité de mentir ainsi à son mari et la joie intérieure que lui procurait la perspective de ces quelques jours rien qu'à elle.

Ainsi délestée de son époux et de sa fille, Mathilde s'est mise à rêver – pire, à rêvasser. Au bureau, au volant, aux toilettes, en préparant le repas du soir, en s'endormant, elle dressait dans sa tête la liste interminable de ce qu'elle ferait avec Luis pendant cette précieuse parenthèse : se donner la main dans la salle obscure d'un cinéma, lui concocter de bons petits plats, jouer au Scrabble, se brosser les dents ensemble, flâner dans les rues de Lille, faire du shopping pour les enfants, rester au lit jusqu'à midi, se lever pour prendre le petit déjeuner et se recoucher éhontément, lire dans le bain, dîner en tête à tête dans un restaurant ou assis sur un banc… Ce matin elle s'est réveillée avec une nouvelle idée : Mathilde veut se disputer avec Luis. Elle lui dira ce soir dans la voiture, en allant à la soirée : « Je veux m'engueuler avec toi, je veux qu'on se fasse la tête, comme un couple normal, comme si on en avait le luxe. Et je veux qu'on se réconcilie et qu'on s'aime encore plus après ! »

Dans son inépuisable capacité à rêver la vie, la possibilité de partager un quotidien avec son amant la fait fantasmer presque autant que les nuits d'amour qu'elle s'apprête à passer avec lui. Et pour ça aussi, elle a tout prévu. Le soir, elle rentrera chez elle pour téléphoner à Paul et à Sophie et s'éclipsera ensuite pour rejoindre Luis dans son appartement. Elle a beau tout repeindre en rose, l'adultère ne vient pas sans sa part de noirceur.

Ce soir-là, elle les a prévenus qu'elle sortait et ne pourrait pas les appeler car elle rentrerait tard, abreuvant son mari de détails pour n'éveiller aucun soupçon. Ses collègues argentins organisent une fête en l'honneur d'un grand chanteur uruguayen, Daniel Viglietti[1], une star dans son pays et surtout une icône de la lutte contre le régime. Il a été arrêté il y a quelques années par les autorités pour « agitation sociale » puis s'est exilé en Argentine. C'est là qu'il s'est lié d'amitié avec Mauro et Clara. Il est aujourd'hui réfugié en France et vient passer le week-end chez ses amis. La nouvelle de sa venue s'est répandue comme une traînée de poudre dans le petit cercle des Latino-Américains et ceux qui ont

1. Cet auteur, compositeur et chanteur uruguayen a combattu la dictature grâce à ses textes empreints d'un grand humanisme social. Emprisonné en 1972, il s'est exilé en Argentine puis en France après sa libération. L'autrice a voulu lui rendre hommage en l'invitant dans ce roman mais a pris des libertés avec les faits tels qu'ils se sont produits dans la réalité.

eu la chance d'être invités à cette soirée sont tout émoustillés à l'idée de rencontrer l'idole.

Mathilde se souvient très bien de la première fois que Luis lui a fait écouter les chansons de Viglietti. D'ordinaire si mesuré, il s'est pris de lyrisme en lui traduisant les paroles :

— Il parle des ouvriers, des coupeurs de canne à sucre, des musiciens des rues, des jeunes des bidonvilles… Il met la lumière sur ceux qu'on ne voit pas et qui vivent dans la misère alors que les nantis s'enrichissent chaque jour un peu plus. Il dit à ces pauvres gens : « Ne vous résignez pas. Vous n'êtes pas seuls. Vous avez des droits ! » Et ça, c'est pire que d'aller poser une bombe sous les fenêtres du palais présidentiel, a-t-il ricané. Dans une dictature, il n'y a rien de plus subversif que de donner de l'espoir. Écoute comme c'est puissant, s'est-il emballé en fendant l'air de son index : « Cette terre est à nous et non à celui qui a déjà tout. » Ce gars est incroyable, c'est un géant, une montagne ! Il a pour seules armes sa guitare et sa voix et il réussit à faire trembler les militaires.

— C'est pour ça qu'ils l'ont arrêté ? Pour des chansons ?

— Oui, mais ce sont bien plus que des chansons. C'est un cri pour la justice et pour la liberté. Il a mis dans la tête du peuple qu'une meilleure distribution des richesses était possible. Il a même soutenu le Che et la révolution cubaine mais là, c'en était trop pour eux. Ils ont voulu le bâillonner. Ils l'ont censuré d'abord mais ça ne leur a pas suffi. Avec ses mélodies, il couvrait le bruit de leurs fusils, il fallait l'anéantir. Je ne sais pas combien de temps il est resté en prison, pas très longtemps je crois, mais Dieu sait ce qu'ils lui ont fait là-bas…

— Comment a-t-il pu quitter le pays ?

— Il a bénéficié d'un remarquable élan de solidarité. La jeunesse s'est soulevée pour le protéger. Pas frontalement bien sûr, c'était trop dangereux. Mais chaque nuit, sur les murs du pays, son nom a fleuri. En voulant le faire taire, ils ont fait de lui un symbole de la protestation. Et à l'étranger de grandes personnalités se sont indignées de son arrestation, comme Jean-Paul Sartre et Mitterrand en France. Sa libération prouve bien qu'en se serrant les coudes, on est plus forts qu'eux. Mais c'est tellement difficile à entrevoir quand on est écrasé par leur chape de terreur…

Pour chasser la mélancolie qu'elle a vue poindre dans les yeux de Luis, Mathilde a dit :

— Eh bien chantons, chantons très fort pour qu'ils nous entendent. On va leur faire peur, à ces salauds !

Et elle a fredonné dans un espagnol plus qu'approximatif : « *Que la tierra es de nosotros…* » Il a repris en chœur : « *Y no del que tenga más…* »[1].

Et dans cette langue qui lui était étrangère, dans ce combat qui n'était pas le sien, elle s'est sentie infiniment proche de lui.

Clara et Mauro habitent une petite maison en briques rouges entourée de dizaines d'autres petites

1. Extrait de la chanson « A Desalambrar » de l'album *Canciones para mi America*, 1973.

maisons en briques rouges dans la banlieue de Lille. Mathilde est un peu gênée de débarquer au bras de Luis. Terriblement fière aussi. Elle se doute bien que leurs amis argentins subodorent leur proximité mais ils ont eu la délicatesse de ne jamais aborder le sujet. Cette arrivée commune sonne comme la confirmation tacite de toutes leurs suspicions. Leur hôtesse les accueille d'un ton faussement réprobateur :

— Ah vous êtes enfin là ! Venez, je vais vous présenter, s'exclame Clara en les tirant par la manche jusqu'au jardin, joliment réaménagé pour l'occasion.

Sur l'herbe s'étale un salon de fortune au charme désuet mais à l'allure altière : un canapé couleur champagne, de vieux fauteuils élimés, quelques coussins colorés et une grande porte en bois alanguie sur deux parpaings, faisant office de table basse, presque entièrement couverte de bougies. Au fond du jardin trône un immense hêtre illuminé par des centaines de loupiotes suspendues, comme autant d'étoiles accrochées à ses branches. Mathilde n'a jamais vu une si jolie installation.

— C'est féerique, s'émerveille-t-elle.

— *Amigos*, pour ceux qui ne les connaissent pas, voici Mathilde et Luis, nos très chers collègues de l'université, lance Clara à l'assemblée.

Mathilde rougit de plaisir en entendant leurs deux prénoms accolés.

Sur le côté de la terrasse se trouve un grand buffet débordant de viande rouge, de fromage et de fruits. Mauro s'affaire près du barbecue qui n'est constitué que de deux grosses grilles posées en diagonale, à même le sol, sur des braises.

— Heureusement, j'ai un bon assistant, plaisante-t-il en montrant du doigt son voisin, un homme d'une petite quarantaine d'années occupé à frotter une côte de bœuf avec du gros sel.

Luis s'arrête net.

— C'est Daniel Viglietti, souffle-t-il à Mathilde, visiblement troublé.

— Allons le saluer, s'engaillardit-elle.

Malgré ses traits un peu cabossés, ou plutôt grâce à eux, elle le trouve beau. C'est un grand brun, le visage allongé, les yeux ténébreux, les cheveux mi-longs. Il dégage un tel charisme qu'en temps normal elle se serait sentie rétrécir en l'approchant. Mais pas ce soir. Elle est bien décidée à profiter de chaque instant et ne laissera rien, pas même sa timidité, la détourner du droit chemin. Elle ne veut pas non plus rater l'occasion d'impressionner Luis. D'un air bravache, elle dit à Mauro en l'embrassant :

— Il nous faut de toute urgence du bon vin pour trinquer à cette magnifique soirée, à ta santé, et à celle de ton commis !

Daniel sourit et sort quatre verres de sous la table.

— Mauro, c'est un cas de force majeure, tu vois bien que nos amis sont assoiffés ! C'est l'heure de la pause syndicale, allons boire un verre avec eux.

Sa voix est aussi profonde que dans ses chansons mais elle semble plus jeune et plus espiègle. Mathilde est fière de son coup. Un peu exaltée, elle lève son verre et porte un toast :

— À l'amitié, à l'amour, à la liberté !

Les trois garçons entrechoquent leurs verres sans se faire prier :

— *¡A la amistad, al amor, a la libertad!*

Mauro se tourne vers Luis :

— Nous t'avons enfin dégotté un compatriote, et pas des moindres ! Je sais bien que tu n'en pouvais plus, des Argentins, des Chiliens et autres Péruviens. Voilà enfin un vrai bon Uruguayen, pure souche, comme toi ! Vous allez avoir plein de choses à vous dire tous les deux ! Mais je vous en supplie, dit-il en joignant les mains et en tordant la bouche pour mimer la douleur, pas un mot sur la Coupe du monde de 1950…

Il ne pensait pas si bien dire. Luis et Daniel se lancent dans une grande discussion sur la situation dans leur pays, se découvrent des relations communes et des souvenirs partagés. Rebondissant de sujet en sujet, leur conversation file comme l'eau vive dans un ruisseau, comme s'ils voulaient rattraper le temps perdu, se débarrasser de cet avant où ils ignoraient encore tout l'un de l'autre. Sans jamais s'être rencontrés, ces deux-là se reconnaissent immédiatement. Et pas seulement parce qu'ils ont grandi sur la même terre, mais aussi parce qu'il existe parfois entre les âmes une attraction ineffable qui les pousse à se choisir. Luis et Daniel se sont choisis ce soir-là.

Par courtoisie, ils font l'effort de parler en français devant Mathilde mais, trop heureuse de voir son amoureux habituellement si réservé en société s'ouvrir comme une fleur, elle s'éclipse pour les laisser bavarder dans leur langue maternelle. Elle se ressert un verre de vin, grisée par la musique et le joyeux brouhaha des bavardages qui l'entourent, scrutant les visages des invités avec délectation. À côté d'elle, un petit groupe s'anime. Elle reconnaît João, un écrivain brésilien d'une soixantaine d'années qu'elle a croisé quelques mois plus tôt, lorsqu'elle est venue aider Clara et Mauro à emménager dans leur maison. Il se penche outrageusement devant elle, la gratifie d'une révérence aussi grotesque qu'hilarante et l'invite à se joindre à eux par un baisemain. Mathilde, ravie, saute allègrement dans la conversation comme si elle en avait toujours fait partie.

Est-ce sa robe qu'elle sait si flatteuse ? L'air suave de cette chaude soirée d'été ? Les œillades complices que lui lance Luis tout en continuant son tête-à-tête avec Daniel ? Le cocktail de Fernet-Branca que Mauro vient de lui servir ? Toujours est-il que Mathilde se sent sûre d'elle. Elle part à la conquête des autres invités, portée par le désir de plaire à chacun et étourdie de se plaire à elle-même, papillonne de l'un à l'autre, trouvant la phrase juste, le mot qui fait mouche, avec un humour qui la surprend. Il faut dire que les convives lui facilitent la tâche. Ils semblent prêts à croquer dans cette soirée comme dans un fruit juteux. Il y a Blanca, la prof de droit rigolote, Edgardo, professeur également mais en sciences politiques, un peu perché et néanmoins passionnant, Alejandro, un ancien grand reporter au *Buenos Aires Herald* qui a couvert plus de pays que Mathilde n'en verra jamais dans sa vie, Diego l'avocat, Santiago l'imprimeur, Daniela la peintre… Mathilde devine derrière leurs sourires le désespoir qu'ils font mine d'oublier, au moins pour un soir. Elle sait que chacun d'entre eux porte en bandoulière son balluchon de tristesse. Pourtant ils se balancent leur joie à la figure, comme des enfants joueraient au pistolet à eau. Au milieu de tous ces exilés, esseulés, atrophiés, déracinés et sûrement un peu trop gais, elle se sent bien. À sa place. Peut-être parce que comme le leur, son cœur est en cavale. Ou peut-être parce qu'ils ont trop soif de vivre pour perdre leur temps à la juger. Ici, pas de posture, pas d'étiquettes, juste le plaisir d'être ensemble, de remettre à demain les angoisses du matin. La musique et l'ivresse pour seuls oripeaux.

Sans s'être mis d'accord au préalable, Mathilde et Luis maintiennent entre eux, depuis leur arrivée à la fête, les distances d'usage avec lesquelles ils ont l'habitude de se présenter au monde. Ce qui ne dupe pourtant aucun des invités. Sûrement à cause de l'invisible halo lumineux émanant des gens qui s'aiment.

Quand la voix chaude de Julio Iglesias entame son hit du moment, João, les cheveux en bataille, s'approche d'elle en se trémoussant.

— Je te l'emprunte, dit-il à Luis, tendant la main à Mathilde en guise d'invitation.

Au moment du refrain, tel un crooner ne doutant pas de son charme, il remplace le prénom de la Manuela ayant inspiré la chanson par celui de « Mathilda ». Les spectateurs du bord de piste rient. Luis flotte dans l'air. Il avait oublié la sensation de légèreté d'un corps et d'un esprit qui ne pèsent pas leur tonne de soucis. Les tubes s'enchaînent. Claude François se frotte à Dave qui se fait balayer par Johnny. Nino Ferrer chante son Sud, Joe Dassin prolonge l'été et les Rolling Stones mettent tout le monde d'accord.

Mathilde tournoie. Elle rit. Elle exulte. Elle virevolte encore quand elle entend la voix de Murray Head déchirer l'air. *Say it ain't so, Joe please, say it ain't so*. Elle ne comprend pas les paroles mais quelque chose dans cette chanson la transperce, la prend aux tripes. Elle s'approche de Luis, les bras en l'air, ondulant sur elle-même, et danse devant lui. Ou plutôt elle danse pour lui. Comme s'ils étaient seuls au monde, dans ce jardin illuminé de mille étoiles. Les notes en s'évaporant emportent avec elles les faux-semblants. Mathilde ôte le verre de vin que Luis tenait à la main et l'entraîne lascivement dans sa chorégraphie. Il se laisse faire, amusé, conquis.

Et comme ça, sans l'avoir préméditée, ou peut-être parce qu'elle la mûrissait depuis bien avant leur rencontre, elle prononce cette phrase qui va tout changer :

— Je veux un enfant de toi.

Luis la serre dans ses bras tendrement.

— Tu as trop bu, *mi amor*.

— C'est vrai. Et pourtant, je n'ai jamais eu l'esprit aussi clair.

La bouche légèrement pâteuse et le verbe un peu trop haut, elle tente de le convaincre :

— Je veux faire un enfant avec toi parce que je t'aime par tous les pores de ma peau, parce que je n'ai jamais été aussi heureuse, parce que notre amour mérite une trace et parce que je ne peux penser à un meilleur père que toi pour le petit que je porterai.

— Nous en reparlerons dem…

— Non s'il te plaît, ne m'interromps pas, écoute-moi. Tu m'as cité Neruda l'autre jour en disant qu'il était – elle lève l'index, dans une tentative d'autorité – « formellement interdit de ne pas réaliser ses rêves ». Eh bien mon rêve à moi, il est complètement fou mais tellement merveilleux, c'est d'avoir un enfant de toi.

— Mais ma chérie, tu le dis toi-même, ça confine à la folie !

Comme si elle revenait d'une transe et prenait tout à coup conscience de ce qu'elle venait de dire, elle les regarde un instant, lui et son air interloqué. Luis prend ce bref répit pour un retour à la raison mais, mutine, elle décoche sa pirouette finale :

— Ne m'entends pas si tu veux. Mais tu ne vas pas contredire ton grand poète quand même ?

— Ça, c'est un coup bas, dit-il en souriant. Viens, allons nous asseoir un instant pour que je t'énumère tous les arguments qui donnent tort à ce cher Pablo.

Le grand hêtre reste imperturbable alors que la conversation prend devant lui un tour bien plus sérieux que ne pouvaient laisser présager leurs déhanchements quelques minutes auparavant. Appuyée contre son tronc, assise dans l'herbe qui lui sert de prétoire, Mathilde reprend :

— Je sais que ça n'a aucun sens, pour le commun des mortels en tout cas, et que c'est totalement inapproprié. C'est le contraire de ce qu'il faut faire mais c'est précisément pour cela qu'il faut le faire. Mon premier enfant, je l'ai eu parce que je venais de me marier, parce que je voulais un bébé, parce que c'était la suite logique, la chose à faire justement.

J'ai aimé ma fille à la seconde où j'ai compris qu'elle s'était nichée dans mon ventre – tu sais que j'adore Sophie plus que tout au monde –, mais je ne peux pas faire un deuxième enfant de cette façon-là, comme on raye une ligne sur la grande liste de la vie. Je veux « tomber » enceinte parce que je brûle d'amour à l'intérieur. Cet enfant n'est pas un caprice ou une lubie, c'est une évidence, une absolue nécessité, un devoir même. Ne pas le faire serait une insulte à l'amour.

— Mathilde, moi aussi je t'aime passionnément, mais nous connaissons les règles du jeu. Nous sommes mariés tous les deux, nous avons une famille, des conjoints et des enfants que nous nous devons de préserver.

— Nous saurons les protéger. Nous ferons les choses intelligemment.

— Mais nous ne savons pas de quoi demain sera fait. Un jour, je vais rentrer en Uruguay. Que se passera-t-il à ce moment-là ?

— Ne pensons pas à demain. Demain n'existe pas. Peut-être que tu ne partiras pas, peut-être que je viendrai avec toi, peut-être que nous serons morts avant même d'avoir à nous poser ces questions. Tu sais mieux que quiconque que la vie peut basculer en un instant. Et que restera-t-il de nous ? Le néant n'est pas une option. Quoi qu'il arrive, notre amour ne peut être stérile. Il est trop grand pour se suffire à lui-même et trop fort pour disparaître en même temps que nous. Il nous a débordés comme un fleuve en crue sort de son lit et ne nous appartient plus. Ce bébé en sera à la fois le fruit et la preuve.

— De quoi tu parles ? Il n'y a rien à prouver. Nous savons tous les deux ce que nous ressentons l'un pour l'autre mais franchement, tu te vois annoncer à ton mari et à ta fille que tu les quittes et que tu pars élever un enfant avec un autre homme ?

— Je ne sais pas. Ce sera sûrement difficile, oui, mais ils finiront par comprendre.

— Comprendre quoi exactement ? Que nous les avons trahis, trompés, humiliés ? Que nous avons fait passer notre bon plaisir avant eux ?

— Je sais que les apparences jouent contre nous, que d'un point de vue extérieur, nous bafouons nos serments et toutes les règles de la morale. Mais regarde-moi mon amour, je n'aurai jamais honte de nous parce que c'est ce que j'ai vécu de plus beau et de plus vrai dans ma vie. Je veux faire ce bébé comme on plante un drapeau en haut de la montagne, contre vents et marées. Pense aux improbables chemins sur lesquels nous avons marché pour arriver l'un à l'autre. Tout nous prédestinait à ne jamais nous rencontrer. Il n'y a pas de hasard, il y a une raison plus grande que nous derrière tout ça.

— Mathilde, tu ne peux pas balayer d'un revers de la main tous nos mensonges… ce que nous faisons est très grave. Cela nous fait du bien, certes, et c'est plus fort que nous, tu as raison. Je peux même, pour réussir à me regarder dans la glace, nous trouver des circonstances atténuantes, non pas pour justifier mais pour expliquer. Mais là, tu nous emmènes dans une tout autre dimension…

Pour la première fois depuis le baiser qui les a pris par surprise un soir d'hiver dans la voiture, Mathilde se sent débarrassée du lancinant brouillard de culpabilité qui obscurcit ses jours comme ses nuits et dont elle se doute qu'il gangrène aussi la conscience de son amant. Cette clarté soudaine et impétueuse la projette dans une logique qu'elle choisit de considérer comme implacable. Elle s'emballe, ce bébé sera beaucoup plus que le sceau de leur amour, il sera la vérité à l'état pur :

— En faisant cet enfant, nous ne serons ni menteurs ni infidèles. Bien au contraire, nous serons plus purs et authentiques que nous ne l'avons jamais été. Nous choisirons la loi du cœur plutôt que celle de la société. Nous serons honnêtes avec nous-mêmes et honnêtes avec la vie qui nous a offert ce que tout le monde rêve de connaître un jour, le grand amour. Ce qui serait vraiment indécent de ma part, ce serait de faire un bébé-médicament, un enfant-thérapie pour reconstruire un couple qui ne pourra jamais l'être. Non pas parce que je n'aime plus mon mari ou parce qu'il est défaillant, mais tout simplement…

L'évidence qui la frappe alors l'oblige à prendre une pause dans son long réquisitoire. Jusqu'à présent, les mots se sont formés dans sa bouche, presque indépendamment de sa volonté, sûrs d'eux et limpides, comme une cascade jaillit du haut de la falaise. Mais ce qu'elle ressent tout à coup dans sa chair, agenouillée sous ce grand arbre face à un Luis ébaubi, c'est l'insoutenable certitude que plus jamais elle n'aimera un autre homme que lui. Une prise de conscience vertigineuse dont elle devine déjà qu'elle la mènera à sa perte, et qu'elle va décider d'accueillir pour toujours comme une chance plutôt que comme une malédiction.

Elle finit sa phrase dans un murmure, baissant les yeux sur l'herbe qui se dérobe sous ses jambes.

— … parce qu'il n'est pas toi.

Luis prend la main de Mathilde, ému aux larmes. Elle fonce à deux cents à l'heure dans cet amour qui frôle le carnage à chaque instant tandis que lui ne peut s'empêcher de voir l'accident se profiler. Malgré cela, il lui envie cette capacité à se laisser guider par ses sentiments, à obéir à ses émerveillements et à sublimer son présent. Il n'a jamais rien vu d'aussi admirable que cette jeune femme qui prend son bonheur par le col. Il la jalouserait presque. Quand a-t-il vibré de la sorte pour la dernière fois ? En serait-il encore capable ? Sont-ce les « événements » qui ont eu raison de sa fougue et de ses illusions ? Il aimerait pouvoir blâmer les hommes en armes, le président Bordaberry ou ce salopard de commandant Lopez mais, aussi loin qu'il se souvienne, son âme était déjà engourdie, hermétique à toute forme d'exaltation. Trop responsable, trop inquiet, trop ambitieux, trop mesuré, trop lui pour céder aux fantaisies et aux soubresauts de la passion. Certes, il aime profondément sa femme et ses enfants, mais plus comme un état de fait que comme une sensation d'euphorie. Il ne doute pas d'aimer Mathilde aussi, mais sans avoir accès ni aux affres du remords, ni à l'allégresse que procure leur histoire à sa bien-aimée. De même que sa tessiture émotionnelle ne lui permet pas de monter dans les aigus alors qu'elle, en soprano virtuose, vocalise joyeusement sur les plus grands airs d'opéra, il se heurte à un plafond de modération tandis qu'elle caracole sur les sommets de l'extase.

Quand son cœur s'est-il mis à battre en sourdine ?

— Mathilde, je t'aime et je te serai éternellement reconnaissant d'avoir prononcé ces mots qui me touchent plus que tu ne peux l'imaginer et que je sais ne pas mériter. Mais pense à l'immense peine que nous ferions autour de nous. Tu crois sincèrement pouvoir l'assumer un jour ?

— Sommes-nous vraiment obligés de tout leur dire ? lui souffle-t-elle, pétrifiée par sa propre réponse.

Quelques mots dont elle oubliera aussitôt si elle les a réellement prononcés, ou si même elle les a pensés, préférant jeter un voile sur cette graine de malheur qu'elle vient de planter.

Mauro, un plateau rempli de verres vides à la main, les interpelle :

— Alors les amoureux ! C'est pas bientôt fini, ces messes basses ?

Christophe déverse ses « Mots bleus » sur une piste de danse complètement vide.

— Quelle heure est-il ? demande Luis. Ils sont tous partis ?

— Deux heures et demie, répond Clara en vidant les assiettes dans un gros sac-poubelle que lui tient Daniel.

Mathilde se lève en sursaut :

— Attendez, on va vous aider.

Il y a quelque chose de doux et d'intime à prolonger cette soirée tout en l'évacuant, à profiter de l'air encore chaud et à sentir leurs cœurs qui le sont tout autant. Jeter les cadavres de bouteilles, vider les cendriers fumants, sauver les restes pour demain, se dire que c'était vraiment bien.

Considérant être arrivé au bout de sa mission, Mauro s'affale dans le canapé en poussant un râle de fatigue. Daniel attrape sa guitare et se met à jouer doucement. Luis, reconnaissant le signal implicite et séculaire de ses congénères décidés à ne plus en ramer une et à laisser finir les filles, se rapproche d'eux et s'avachit dans un fauteuil échoué au milieu du jardin. Le chanteur fredonne quelques notes qui remplissent l'atmosphère d'une mélancolie veloutée.

La lumière des bougies lèche leurs visages devenus plus graves et leurs regards assombris se perdent dans le vague. Ils sont bien à être tristes, là, ensemble. Mathilde et Clara arrêtent de s'affairer, suspendues à la beauté de l'instant.

L'Argentine murmure sans quitter son mari des yeux :

— On ne viendra pas travailler lundi.

— Ah bon ? Vous serez trop crevés tu crois ?

— Non mais je sens qu'on va devoir rouler jusqu'à la mer.

— Comment ça, la mer ? Pour quoi faire ?

— Je connais mon homme. Demain il va vouloir être « face à son pays ». C'est ce qu'on fait quand on a la nostalgie. Il va se planter sur la plage et regarder par-delà l'horizon. Il va pleurer sur son sort et puis il va s'en vouloir de ne penser qu'à lui, alors il va pleurer sur le sort de ceux qui sont restés là-bas. Subitement, il va vouloir repartir, il aura repris des forces et sera prêt au combat. Sur le trajet du retour, on fourbira nos armes.

— Je ne comprends rien à ce que tu racontes.

— Luis ne t'a rien dit ?

— Non, pas du tout, de quoi tu parles ?

— La seule façon de tenir debout pour *nosotros*, c'est de continuer la lutte, même au bout du monde. Ils nous ont peut-être tout pris, ces salopards, mais tant qu'il nous restera un souffle de vie, nous nous battrons. Ce n'est pas parce qu'ils nous ont chassés qu'on va rester les bras croisés, et encore moins oublier nos camarades. Y a que la solidarité internationale qui peut les sauver. Nous, dans la section nord, on essaie d'alerter l'opinion publique en France. On fait des tracts, des affiches, on organise des manifs et des concerts militants, des tables rondes. Il faut aussi coordonner l'action des différentes associations qui œuvrent pour faire libérer des prisonniers. Parfois j'ai l'impression qu'on essaie de vider l'océan avec une petite cuillère. Mais ne rien faire serait pire, je ne pourrais plus me regarder dans la glace. Et heureusement, on a Luis. C'est un excellent chef de section, le pauvre, il ne ménage pas ses efforts. Tous les week-ends, il court de réunion en réunion. Parfois j'ai peur pour lui d'ailleurs, il va finir par s'épuiser. Tu sais, ça lui fait beaucoup de bien votre… euh… votre « amitié ».

Mathilde regarde Luis, les yeux écarquillés. Elle s'en veut d'avoir été si égoïste, tellement absorbée par ses propres occupations qu'elle est passée à côté de tout un pan de la vie de son amoureux. Il faut dire que la fin de semaine n'est jamais de tout repos. Les courses, la popote, le ménage, les visites à sa mère, le sacro-saint déjeuner du dimanche chez les parents de Paul, et Sophie qui lui prend tant d'énergie… Et tout ce qu'elle trouve à faire quand arrivent enfin le lundi matin et leurs retrouvailles, c'est se plaindre auprès de Luis de sa fatigue du week-end. Alors que lui, il a sauvé des vies sans rien laisser paraître. La culpabilité laisse vite place à un malaise, une semi-vexation : pourquoi ne lui a-t-il rien dit de ses activités ? Elle aime un loup qu'elle a pris pour un agneau. Comment a-t-il pu lui cacher quelque chose d'aussi important ?

— Il a sûrement voulu te protéger, répond Clara à la question que Mathilde n'a pas eu besoin de formuler.

Son amie a raison. Luis ne supporte pas l'idée de faire courir à Mathilde le moindre danger. Au moins si on l'interpelle, se rassure-t-il les jours où il s'en veut de dissimuler ses guerres à la femme qu'il aime, elle défendra son innocence avec la fougue de l'accusé qui n'a rien à se reprocher. Elle sera plus convaincante si elle ne sait pas que si elle ment. Devant qui exactement devrait-elle se justifier ? Qui conduirait cet interrogatoire hypothétique ? Le professeur ne se pose pas la question. Il a gardé les vieux réflexes que lui ont inculqués des années de régime autoritaire. Il faut être prudent, c'est tout. Ne jamais se croire en sécurité, même quand la menace n'a pas de visage.

Mais la prudence n'est pas la seule raison de son silence. Mathilde, c'est son havre de paix, son repos du guerrier. Il a besoin de la garder vierge de la laideur du monde, sourde aux cris des enfers. Il ne peut mater sa propre obscurité que dans la clarté immaculée de sa jeune amante. Il ne cherche pas en elle une amazone qui lutterait à ses côtés. Il a assez de Nora, Clara, Mauro, Daniel et les autres dans son armée. Eux savent. Ils ont, comme lui, planté leurs yeux dans ceux du diable, ce qui les relie par un lien indéfectible. Mais Mathilde, il l'aime pour sa candeur, pour sa pureté, pour la force qu'elle lui donne justement parce qu'elle ne sait pas à quel point il en a besoin. L'entraîner dans ses abysses risquerait d'assombrir le regard qu'elle porte sur lui comme sur le monde, et ça, il n'est pas sûr d'y survivre. Alors il a enfermé sa belle dans la lumière. Il s'est créé une vie compartimentée dans laquelle il est tour à tour Luis l'amoureux de Mathilde, Luis le mari de Nora, le professeur, le réfugié, le chef de troupes, l'ancien collabo, le presque Français, le pour toujours Uruguayen. Il est devenu cet homme fragmenté, cet agglomérat de cavités hermétiques, droit dans ses intentions mais incapable de se donner tout entier.

Mathilde se satisfait parfaitement de l'analyse de Clara. Elle s'enorgueillit même de l'attitude protectrice et chevaleresque de Luis à son égard. Pas un instant, elle n'imagine que son amant puisse la tenir à l'écart par instinct de survie, pour mieux se reconstruire dans ses bras. Lui, en la voyant papoter avec son amie, n'a aucune idée de la tournure de la conversation. Il n'a aucune idée que Mathilde l'aime encore plus que la minute d'avant, à supposer que ce soit possible. Il mesure pourtant en cet instant tout ce qu'il lui doit.

Son hirondelle irradie de douceur dans sa robe longue et bleue comme la nuit. Il la regarde et il sait déjà qu'évidemment, il va le lui faire, son enfant de l'amour.

8

« Mon amour, j'aime en toi le clair avec l'obscur. »
Pablo Neruda, *La Centaine d'amour*

Lille, octobre 1975

En arrivant sur le palier, Mathilde croise le regard noir du voisin.

— Ça fait trente minutes qu'il gueule comme un putois. Dites-lui d'arrêter ce raffut ou j'appelle la police.

— Oui, oui, excusez-nous, je vais voir ce qui se passe.

Contrairement à leur habitude, Luis et Mathilde ne sont pas rentrés ensemble de la fac ce soir. Luis a prolongé sa journée de travail par une entrevue avec maître Meunier, l'avocat de l'antenne lilloise d'Amnesty International, pour faire le point sur le dossier de son ami Gustavo. Le pénaliste vient de passer dix jours en Uruguay afin de rédiger un rapport sur les conditions de détention dans les prisons.

Après plusieurs mois de bataille juridique et médiatique, il a obtenu l'autorisation de s'entretenir avec quelques prisonniers, dont Gustavo. À peine rentré de son voyage, il a fait appeler Luis par sa secrétaire pour lui donner rendez-vous.

— C'est bon signe, a commenté Luis à Mathilde.

Même si, « pour des raisons de sécurité », l'Uruguayen se montre toujours réticent à l'idée d'impliquer sa dulcinée dans ses activités militantes, il accepte désormais de partager les rares bonnes nouvelles avec elle et, vraisemblablement, la convocation express de l'avocat en laisse présager une.

La porte de l'appartement est entrouverte. La jeune femme la pousse timidement alors que les cris se font plus précis :

— *Puta de maté, puta de maté, hijo de puta de maté.*

— Luis, arrête enfin, qu'est-ce que tu fais ?

La tête enfoncée dans un des placards de la cuisine, le docteur répond :

— Je ne trouve pas le maté. C'est pas possible, il en restait hier. Mais il est où ?

— Attends, je vais t'aider, calme-toi, il doit être sur l'étagère du haut…

— Mais non regarde, j'ai cherché dix fois, il n'est pas là, s'emporte-t-il, aussi dégoupillé qu'un drogué en manque.

— On en achètera demain si tu veux, c'est pas grave.

— Si c'est grave ! Je veux te préparer un maté, ça te pose un problème ? C'est ce qu'on fait d'habitude, non ? lui demande-t-il dans une tentative désespérée de se raccrocher à une normalité qui visiblement lui échappe. Eh bien je ne vois pas pourquoi ça changerait. Tiens, prends la calebasse, la *bombilla*, et assieds-toi là, lui intime-t-il en laissant tomber d'un coup sec la chaise où Mathilde s'installe habituellement. Je te fais bouillir de l'eau.

Totalement décontenancée par ce ton qu'elle ne lui connaît pas, Mathilde obtempère. Elle observe sans un mot le ballet insensé de Luis qui claque les portes, les rouvre aussitôt, pour les refermer à nouveau. Il tourne sur lui-même dans cette cuisine trop petite pour contenir sa rage puis s'arrête net en se prenant la tête entre les mains. De sa bouche déformée par le désarroi jaillit un râle perçant.

Mathilde, ne sachant plus que faire pour l'apaiser, tente :

— Tu veux que j'appelle Clara pour savoir si elle en a ? D'un coup de volant je peux aller le chercher.

Luis ne semble pas même entendre la proposition de la jeune femme et s'agite comme un possédé. Dans un élan aussi brusque qu'incontrôlé, il lève les bras et fait basculer son corps en avant. Ses mains se posent sur le sol, tandis qu'il essaie compulsivement de balancer ses jambes vers le ciel. Quand il parvient enfin à les hisser au-dessus de sa tête, il s'écroule, entraînant dans sa chute la pile d'assiettes qu'il a sortie du placard en espérant trouver derrière elle le fameux maté. C'en est trop pour le voisin qui frappe sur le mur en beuglant : « Ça suffit maintenant ! »

— Mais Luis tu es fou ! crie Mathilde.

Semblant retrouver ses esprits après sa lamentable cabriole, le docteur se redresse et s'assied par terre, adossé contre le mur. Il se tourne vers Mathilde, accablé par sa maladresse :

— Pourquoi je n'y arrive plus ? Comment c'est possible ? On l'a fait des milliers de fois.

La jeune femme s'accroupit à côté de lui et, comme elle consolerait un enfant, lui caresse la joue.

— Qu'est-ce que tu n'arrives pas à faire ? Pourquoi tu t'es jeté par terre ?

La réaction de Luis la fait sursauter.

— Putain mais tu comprends pas ?

— Mais non, quoi ? Explique-moi !

— Il est mort.

— Comment ça ? Qui est mort ?

— Gustavo. Y aura plus de poiriers au bord de l'eau, tu comprends ça ? lui balance-t-il, les yeux exorbités de fureur.

— Mais qu'est-ce que tu racontes ? Tu m'as dit ce matin que l'avocat avait une bonne nouvelle à t'annoncer… ?

— Non mais vraiment, t'es à côté de la plaque. Il est mort je te dis. Peut-être que dans ton monde, c'est difficile à imaginer mais pas dans le mien. Faut grandir un peu, sortir de chez toi ! Tu veux savoir ce qu'ils lui ont fait ? Ils lui ont déchaussé toutes les dents à force de le frapper ; ils l'ont enfermé dans un cachot crasseux où il n'a pas vu la lumière du jour pendant des mois. Il a parlé aux rats pour ne pas devenir fou. Il s'est chanté à lui-même des berceuses, celles de notre enfance, pour se souvenir qu'il était un être humain. Et parce qu'ils n'arrivaient pas à le faire craquer, ils ont accroché à ses *cojones* des pinces électriques et ont envoyé du jus jusqu'à ce qu'il en crève. Il est mort comme un chien, en pleurant, en appelant sa mère, au milieu de sa pisse et de sa merde. Tu veux toujours me dire que c'est pas grave ?

Mathilde reçoit l'uppercut en pleine face, terrassée par l'horreur du récit autant que par la méchanceté de son amant. Jamais elle ne l'aurait cru capable d'être si cruel. Elle ne peut contenir les larmes qui lui cisaillent le visage.

— C'est dégueulasse de me dire ça.

— Pardon mon amour, pardon.

Luis la prend dans ses bras et lui essuie les yeux avec sa main comme pour effacer les mots qu'il vient de prononcer.

— Le pire, c'est que d'après Meunier, ça fait plusieurs semaines qu'il est mort. Ils nous ont fait miroiter pendant tout ce temps qu'on pourrait le rencontrer, ces salauds, alors que son corps était déjà froid. Et moi, je continuais à y croire comme un imbécile heureux. Je faisais toutes ces démarches avec l'avocat pour le faire libérer. Et tu sais ce qui me donne envie de vomir ? C'est que je me sentais bien. Mieux que je n'avais été depuis longtemps. Je me suis vu pousser des ailes. En me battant pour sa liberté, c'était comme si je retrouvais la mienne. Je voyais déjà la tête de sa mère le jour où on lui annoncerait qu'il allait sortir de là. Comment j'ai pu être assez stupide pour espérer ? Quel idiot…

— Ça ne sert à rien de te flageller, tu ne pouvais pas savoir.

— Si, je pouvais, malheureusement.

Bien sûr qu'il pouvait savoir. Il aurait dû savoir même. Ne pas être assez naïf pour penser une seule seconde que son ami s'en sortirait. Il connaît trop bien les méthodes de ces matons.

Et surtout, nul n'échappe à ses crimes...

Sous son crâne viennent tambouriner à cet instant « ses vingt-trois morts », comme il appelle en secret, les prisonniers qu'il n'a pas sauvés. Dans une danse macabre, ils remuent leurs membres mutilés pour célébrer la victoire. Ils l'ont eue, leur vengeance. Leur cœur avait peut-être cessé de battre mais Luis les a tués une deuxième fois en apposant sa signature sur leur certificat de décès. Ce bout de papier qu'on a tendu en ricanant à leurs proches endeuillés, ce crachat jeté sur leur tombe.

Dans une longue élégie, il se met à scander leurs noms.

Tout bas d'abord. « Edmundo Arzuaga, Federico Robaina, Miguel Blanco, Amadeo Diaz... »

Puis de plus en plus fort. Emporté par un souffle libérateur, il se laisse bercer par son énumération mortuaire : « Fausto Gómez, Marcelo Pereira, Luis Chiesa, Eduardo Macedo... » Cela lui fait du bien de les laisser sortir au grand air.

Mathilde ne voit dans cette litanie ni un aveu, ni une confession mais elle ressent la détresse de son homme. Elle l'entoure de ses bras, pendant qu'il continue à égrener la liste en se balançant.

Alors que le regard vide de l'Uruguayen se pose sur la porte de la cuisine, il voit se faufiler une ombre. Il cligne des yeux et les rouvre grand pour s'assurer qu'il ne perd pas la tête. Mais oui c'est bien elle, c'est Maria qui s'approche d'eux, aussi légère que le vent. Elle aussi enlace son « vieil ami » pour le réconforter. Luis sent ses longs cheveux bruns dans son cou. Rien n'a changé, ni la pâleur de sa peau, ni la douceur de ses traits. À part peut-être qu'elle est encore plus belle que dans son souvenir, à croire que la mort lui va bien. Elle lui murmure à l'oreille.

— Et moi ? Il serait peut-être temps de lui parler de moi aussi ?

Luis, paniqué, desserre son étreinte en même temps que celle de Mathilde. Passant d'un visage à l'autre, il regarde ces deux femmes intimement liées sans le savoir. Il est leur trait d'union invisible, le pont entre leurs deux destins voués à ne jamais s'entremêler. Peut-être que le moment est venu de les présenter, pour enfin mieux les dissocier. Oublier l'une pour aimer l'autre. Mais laquelle choisir ? Elles l'attirent toutes les deux irrésistiblement.

L'une, vers le soleil, l'autre, vers ses propres ténèbres.

Il prend le visage de Mathilde entre ses mains et plante ses yeux dans les siens, prêt à assumer son déshonneur et à accepter le désamour qui en résultera irrémédiablement.

— J'ai vu l'attestation de mort clinique de Gustavo. Y a un salopard de médecin qui a écrit qu'il était décédé d'une pneumonie.

Il éclate en sanglots :

— Ce docteur, ça aurait pu être moi. Tu ne sais pas vraiment qui je suis, ce que j'ai fait. Je mérite d'être enfermé. C'est moi qu'on aurait dû envoyer à la Liberté. Lui, il avait rien fait. Il y a cinq ans, les soldats sont venus me chercher pour…

— Chuuut, l'interrompt Mathilde dans un soupir sonore et autoritaire.

La jeune femme se dégage des bras de son amant et recule.

— Je dois y aller, prévient-elle sèchement. Paul et Sophie vont s'inquiéter.

Luis, déboussolé, la voit déjà s'éloigner. À peine trouve-t-il le temps de balbutier qu'il comprend sa réaction, qu'il n'a que ce qu'il mérite.

En dévalant l'escalier, Mathilde sent monter la colère. Elle repense aux paroles désobligeantes de son bien-aimé. Et s'il venait de lui montrer son vrai visage ? Peut-être qu'elle n'y connaît rien à rien, peut-être qu'elle n'est jamais sortie de sa cambrousse. Effectivement, elle n'a jamais pris l'avion ni traversé les océans et, c'est vrai, elle n'a jamais rencontré la folie humaine. Mais même si son monde à elle est un peu trop sucré, un peu trop rêvé, il y a une certitude que personne ne pourra lui enlever : elle sait absolument tout ce qu'elle a à savoir sur cet homme. Aucune confession ne la fera changer d'avis, aucun détail sordide ne le diminuera à ses yeux. Elle l'a choisi et rien ne l'empêchera de le choisir encore mille fois. Dans la voiture qui la ramène à son autre vie, elle se fait une promesse solennelle : jamais ils ne reparleront de cet incident, jamais elle ne lui posera aucune question sur ces maudits soldats et leurs vents mauvais. Le silence sera leur meilleur allié. Elle décide maintenant et pour toujours de taire ce qui pourrait les séparer.

Oui, se taire, et n'écouter que les battements de son cœur.

9

« Et au goût de ton amour s'ajoute la boue,
le baiser de la terre qui m'attend. »

Pablo Neruda, *Vingt poèmes d'amour
et une chanson désespérée*

Lille, février 1976

Elle a prétexté un rendez-vous médical. Lui a simplement dit à ses collègues qu'il devrait les quitter après le déjeuner. Ils n'ont pas cherché à en savoir plus, habitués à la discrétion de ce confrère peu disert. Quand Luis rejoint Mathilde près de la voiture qu'elle a pris le soin de garer à l'abri des regards ce matin, il la trouve rayonnante. La grosse écharpe dans laquelle elle s'est emmitouflée ne peut masquer son air guilleret.

— Alors, tu vas finir par me dire où on va ?

— Eh bien non, sourit-elle.

— Mais qu'est-ce que c'est que ces cachotteries ?

— Arrête de parler et monte dans la voiture !

Mathilde jubile en conduisant. Elle se doit d'imprimer chaque mot de la conversation qui s'annonce et de garder les prochaines heures gravées dans sa mémoire. Comme si elle sentait qu'il faudrait un jour rendre des comptes.

Luis, piqué de curiosité, la mitraille de questions pour deviner l'endroit où elle les conduit. Sur l'autoroute de Dunkerque, elle lui lâche un indice, mûrement préparé. Quelques mots en espagnol que Clara lui a soufflés l'été dernier, le soir de la fête, et qu'elle a soigneusement consignés comme on prépare une trousse de secours :

— Je t'emmène « *de cara a l'Uruguay* ».

Face à l'Uruguay.

Depuis la mort de Gustavo, Luis n'est plus tout à fait le même. Il donne le change mais Mathilde sent s'installer une infime distance entre lui et le monde, un détachement à peine visible mais qui la fait trembler. C'est comme s'il avait eu tellement mal que plus rien ne pouvait l'atteindre. Elle s'inquiète pour lui, et pour la première fois, elle se sent fragilisée. Son amoureux lui échappe, enjôlé par une rivale sans merci, la mélancolie. Mais Mathilde n'est pas du genre à rester sans rien faire. Il faut agir et elle a la botte secrète. Clara et Mauro vont se ressourcer à la mer quand ils n'ont pas le moral. Ils reprennent des forces en regardant vers leur pays. Ils se reconnectent à eux-mêmes dans les embruns venus de l'autre côté de l'océan. Contrairement à ce que laisse parfois entendre la petite musique dans leur cœur, l'horizon leur rappelle qui ils sont : ni des fuyards, ni des nantis bien à l'abri, mais des combattants de l'extérieur. Ils n'ont pas abandonné les leurs aux griffes d'un monstre assoiffé de sang, ils sont devenus son ennemi du dehors. Aux grands maux, les grands remèdes. Mathilde va chasser le spleen de Luis, le mettre face à sa vie d'ailleurs pour rallumer la flamme du guerrier. Plus que jamais elle a besoin de lui, d'un lui droit dans ses bottes. Elle a compris depuis longtemps que pour tenir en équilibre, il lui fallait enjamber le grand océan, un pied en Uruguay, et l'autre en France. En le tournant vers le large, elle compte bien le ramener à elle.

Ils garent la voiture derrière le Grand Hôtel de la plage, qui arbore fièrement son nom en lettres capitales. En quelques pas à peine, ils se retrouvent face à la mer, au tout début de la longue digue en briques surplombant la grande étendue de sable. Mathilde ne se laisse pas décourager par les bourrasques venues du Nord.

— C'est revigorant, sourit-elle en entraînant Luis, déterminée à rendre la journée belle coûte que coûte.

L'Uruguayen a froid et pas très envie de marcher mais la vue de la mer lui donne un coup de fouet. Il se laisse embarquer par l'enthousiasme de sa compagne, visiblement très heureuse de partager avec lui ses souvenirs d'enfance.

— En juillet, quand l'école était finie, mes parents nous emmenaient parfois, avec mes frères et sœurs, passer la journée ici, à Bray-Dunes. Tu n'imagines pas la liesse collective dans la famille. On était surexcités, regarde comme elle est immense, cette plage, c'était notre paradis ! Et tout au bout, tu verras, il y a des dunes incroyables. Viens, c'est par là.

Les hauts lampadaires blancs, dressés comme une haie d'honneur, les invitent eux aussi à s'engager sur la promenade. Sur le sable, de petites cabines en bois à rayures vertes et bleues craquent et sifflent sous l'effet du vent.

— Écoute, lui dit Mathilde en mettant la main en soucoupe derrière son oreille, on dit que ce sont les rires que les enfants ont oubliés l'été dernier. C'est désert aujourd'hui mais en juillet-août, ça grouille de monde. Les gens se baladent en famille ou en amoureux. Les petits achètent des glaces à l'épicerie, les jeunes filles portent des robes à fleurs et se laissent draguer par les garçons du village. Et un peu plus loin là-bas, les vieux discutent au bar-tabac. Un piconbière, *La Voix du Nord* et ça peut durer des heures !

Luis n'a pas de mal à imaginer l'atmosphère joyeuse de la petite station balnéaire, lui qui a arpenté si souvent les plages de Montevideo ou de Punta del Este. Il y a vu les mêmes cerfs-volants colorer le ciel, les mêmes petites bouilles rondes barboter dans l'eau, les mêmes parties de foot endiablées sur le sable chaud. Il inspire en grand et laisse entrer dans ses poumons l'air chargé d'iode et des réminiscences de son passé.

— Quelle bonne idée tu as eue de venir ici. Je n'avais pas vu la mer depuis trop longtemps.

Mathilde savoure cette première petite victoire pendant que Luis s'interroge. Sur la Playa Bonitos, il doit faire chaud aujourd'hui. C'est la fin de l'été à Montevideo. Et sur la Playa Malvin, les jeunes ont sûrement sorti leurs planches de surf. Les pédalos sont-ils pris d'assaut par des demoiselles en bikini ?

Ces images du bonheur perdu le ramènent à la triste réalité. Si banales hier, elles paraissent incongrues aujourd'hui, presque dissonantes. Tous ces malheureux, insouciants hier encore, ont-ils toujours le cœur d'aller à la plage ? En ont-ils même le droit ? Il faudra qu'il pose la question à Nora ce soir quand il lui écrira. Nora... en voilà, une autre anomalie. C'est avec elle qu'il se promène sur la plage habituellement. Osera-t-il mentionner à sa femme cette petite escapade, même en la qualifiant d'amicale ? La dernière fois qu'il a marché sur le sable, c'était avec elle, à Pocitos. Ils s'étaient promenés côte à côte au coucher du soleil, en n'échangeant que très peu de mots. Dieu que ce silence lui manque.

Luis se sent soudain étranglé par la honte, comme s'il prenait seulement conscience de son infidélité. C'est peut-être là que réside l'infamie, se flagelle-t-il, dans une balade au bord de l'eau. Il est un bien mauvais mari pour Nora qui mourrait de chagrin de le savoir ici. Peut-être pourrait-elle comprendre l'adultère, le pardonner même, mais ça, jamais. Il l'a appris par le passé, la douleur de la femme trompée vient parfois se nicher dans des détails insignifiants qui sont pour elle la plus insupportable des forfaitures. Il le sait, les promenades sur la plage sont le domaine réservé de son épouse et il commet en ce moment même un acte de haute trahison.

Égaré dans ses considérations sur sa propre déloyauté, Luis relève la tête juste devant le monument aux morts qui trône sur un promontoire arrondi de la digue, un édifice en pierre construit pour rendre hommage à la 12e division d'infanterie motorisée, la division Janssen. Sous son nom, le fait de gloire de cet escadron :

> Après 15 jours de durs combats en Belgique et dans les Flandres.
> A vaillamment défendu le secteur est de la tête de pont de Dunkerque et contribué par son sacrifice à couvrir l'embarquement des troupes alliées.
> Accablée sous le nombre, a succombé le 4 juin 1940 ayant intégralement rempli sa mission.

Mathilde, voyant le docteur intéressé par cette bataille de la Seconde Guerre mondiale, lui raconte que la bravoure de ces hommes n'a pu empêcher l'avancée allemande et l'Occupation qui s'est abattue sur toute la région jusqu'en 1944. Luis ne peut détacher son regard de l'injonction qui ponctue cette plaque commémorative :

> VOUS QUI PASSEZ SOUVENEZ-VOUS DE L'HÉROÏSME DE CES SOLDATS.

Ces mots se dressent devant lui, prêts à en découdre. Ils l'interpellent et lui tendent un miroir sans concession, au milieu duquel s'érige un douloureux constat : il est sur cette terre des âmes courageuses qui résistent à l'oppression. À l'évidence, il n'en fait pas partie.

Mais son esprit se rebiffe. Faut-il faire partie des morts héroïques ou des vivants déshonorés ? Et s'il existait une troisième voie, une façon de sortir de cette alternative indigne à laquelle il a été soumis ? Et s'il n'était pas trop tard pour s'y engouffrer ? Se battre à mort, sans perdre la vie.

Mathilde est loin de deviner les sombres dédales dans lesquels Luis s'aventure. Elle continue à s'extasier, comme s'ils étaient deux touristes en goguette :

— Tu vois ces villas en première ligne, c'est mon rêve d'en avoir une un jour ! Elles sont belles avec leurs toits de tuiles rouges, leurs murs jaune et blanc, et surtout ça ! (Elle pointe du doigt un bow-window.) Je te dis pas la vue qu'ils doivent avoir de là-haut…

Rien que de prononcer le nom de ces fenêtres en encorbellement, elle se sent transportée. « Bow-window », ça fait riche, ça fait cossu. Ça fait hors d'atteinte aussi. Mais qui a décrété qu'il était interdit de rêver ?

La jeune femme explique à Luis que ces maisons du front de mer se transmettent de génération en génération, ou qu'elles sont rachetées par de grands patrons lillois. Rien qu'en passant devant, on entrevoit les décennies de réunions familiales, les chasses à la crevette et les parties de pétanque à marée basse.

— Tu imagines si on avait un endroit comme celui-là où on pourrait réunir tous nos enfants, et même nos petits-enfants ? lui souffle-t-elle.

L'idée est saugrenue mais douce. L'Uruguayen se fait le film dans sa tête. Il se verrait bien en *pater familias* d'une grande tribu recomposée, à siroter son picon-bière en regardant jouer les marmots du haut d'un bow-window. Ce scénario très mathildesque est alléchant, mais comme dans les vieux films de son enfance, la pellicule s'enflamme et disparaît. Tirer des plans sur la comète, il n'en est plus capable. Il n'aspire plus à rien depuis trop longtemps. Des hommes en armes lui ont volé ses rêves et ses envies. Et rien ne laisse présager une nouvelle aube où sa vie s'écrirait autrement qu'au jour le jour.

Mais déjà Mathilde l'emmène un peu plus loin sur la digue, coupant court une nouvelle fois à ses sinistres pensées. En contrebas, entouré d'une clôture de bois blanc, se dresse le « Club des mouettes », une aire pour enfants composée de grandes balançoires, de toboggans et d'échelles en corde. Luis retrouve le sourire en songeant à Juan et Eduardo qui ne manqueraient pas de s'échapper en courant vers ces jeux, promesses d'un bonheur inégalable.

Mathilde, elle, pense au bébé qui grandit dans son ventre.

C'est vraiment l'endroit idéal pour le lui annoncer, se réjouit-elle. Elle sait depuis plusieurs jours qu'ils vont être parents. Elle l'a senti dans ses seins d'abord, comme pour Sophie, et sans surprise, le test de grossesse le lui a confirmé. Mais elle a décidé de garder la grande nouvelle pour elle, le temps d'organiser cette sortie à Bray-Dunes qui aurait le double avantage de remettre Luis d'aplomb et d'offrir à cet instant un écrin inoubliable. Bien sûr, elle sait qu'il faudra en parler à Paul aussi. Mais pas encore, pas tout de suite. Elle veut d'abord savourer la nouvelle avec le papa, rien que tous les deux. Comme si c'était beau, comme si elle n'était pas sur le point de s'enfoncer dans l'exécrable, d'assener à son mari le mensonge qui la rendra laide jusqu'à la fin des temps.

Au bout de la digue, les premières dunes s'offrent à eux. La jeune femme enlève ses chaussures et remonte le bas de son pantalon.

— Viens par là, je vais te faire découvrir la lande sauvage ! lui lance-t-elle joyeusement en enfonçant ses pieds dans le sable blanc.

Luis ne se fait pas prier. Il sautille derrière elle, gagné par le plaisir grisant d'escalader les monticules pour mieux les descendre, poussé par le vent. Main dans la main, de dune en dune, ils se laissent emporter par l'euphorie de cette course enfantine. Mathilde a réussi son pari. Elle ne l'a pas vu si lumineux depuis l'épisode de la cuisine.

Au détour d'une colline, ils tombent nez à nez avec un blockhaus. Les Allemands ont fait construire des centaines de ces bunkers en béton armé pour défendre le littoral du nord de la France en cas de débarquement des forces alliées. La Wehrmacht, chargée de la « protection » des côtes, y a abrité troupes, canons, mitrailleuses et postes de commandement. Luis n'a jamais vu une telle construction auparavant et se trouve déstabilisé par l'irruption de la guerre dans leurs jeux d'amoureux. Le bunker est à moitié enseveli sous les sables et recouvert par quelques bouquets d'oyat, ces longues feuilles raides d'un vert presque blond dont la pointe picote si on y passe la main. L'édifice a glissé sous l'effet de l'érosion. Il a l'air un peu ridicule avec sa bouche de travers et ses trois poils sur le caillou. Mathilde, pour qui ces traces d'un temps maudit ont toujours fait partie du paysage, passe devant sans y prêter attention.

Luis ne peut s'empêcher d'imaginer les soldats allemands qui faisaient le planton derrière ces murs épais. À quoi pensaient-ils en regardant ce même horizon, plus d'un demi-siècle avant lui ? Où sont-ils aujourd'hui ? Sont-ils morts ? Ou rentrés chez eux, vaincus et gangrenés par les horreurs de la guerre et peut-être par les crimes qu'ils ont eux-mêmes commis ? Ont-ils pu retrouver leur famille et reprendre leur vie d'avant ? Cette expression a-t-elle seulement un sens ? Le retour en arrière est-il possible ? Il se sent étrangement proche de ces ennemis d'hier, de ces bourreaux de la nation qui aujourd'hui l'accueille. Que restera-t-il de sa guerre à lui dans trente ans ? La Caserna et la Libertad auront-elles, elles aussi, perdu de leur superbe ? Est-ce que des fleurs pousseront à leurs fenêtres bancales ? Les militaires seront-ils rentrés dans leurs foyers ? Et lui, pourra-t-il un jour renouer avec son existence d'antan ?

Le souhaite-t-il seulement ?

Mathilde, comme à son habitude, refuse de laisser s'installer le nuage qui passe dans les yeux de son amoureux :

— Viens, lui dit-elle en lui tendant la main, allons marcher sur la plage. J'ai quelque chose à te dire.

*

Ils avancent, enlacés sur la grève. La mer a dessiné en se retirant des milliers de petits sillons argentés sur le sable mouillé. Mathilde bout de joie, d'une joie luxuriante, qu'elle sent couler dans ses veines comme la lave d'un volcan. Elle ne cesse de répéter : « Il est là, il est là, on l'a fait », encore époustouflée de savoir la vie en elle. Plus de six mois qu'ils essayaient d'avoir cet enfant et le voilà désormais niché dans son bas-ventre. Luis a accueilli la nouvelle avec bonheur, et avec sa placidité habituelle. Il savait que cette annonce viendrait tôt ou tard. Il s'y était préparé mais ne s'attendait pas à ressentir une telle émotion. Après avoir regardé Mathilde intensément, comme s'il voulait la photographier mentalement, il lui a soufflé, le sourire aux lèvres et les yeux brillants : « Je suis heureux. » Trois petits mots simples, sincères, profonds. Puis ils se sont mis à marcher le long de l'eau, collés l'un à l'autre.

C'est la première fois depuis qu'ils se connaissent qu'ils s'affichent dans un lieu public sans se soucier d'être vus. Peut-être parce que la plage est quasiment déserte, peut-être grâce aux quatre-vingts kilomètres qui les séparent de Lille et du mari de Mathilde, sûrement aussi grâce à la légitimité nouvelle que leur confère le statut de parents. Quel délice de pouvoir être « eux » en toute liberté. Mathilde exulte mais tient à se débarrasser immédiatement d'un non-dit qui pourrait attenter à la perfection de l'instant. Dans un élan un peu gauche, elle tente de rassurer son amant qui pourtant n'avait nullement besoin de l'être :

— Au cas où tu te poserais la question, c'est bien toi le père.

Elle regrette aussitôt ces mots malencontreux, qui entachent leur amour par leur médiocrité. Elle s'en veut d'avoir tout gâché par tant de maladresse. Mais Luis, sentant la déception poindre dans les yeux de la future maman, vole à son secours :

— Bien sûr que je suis le père de cette merveille.

Pas besoin de se lancer dans des calculs malsains sur la date de leurs derniers ébats, il connaît Mathilde. Nul doute qu'elle a fait ce qu'il fallait pour qu'il ne puisse y avoir aucune ambiguïté. Il sait aussi, même si cela n'a pas encore traversé l'esprit de sa chère et tendre, qu'elle devra faire ce qu'il faut pour duper Paul, pour que lui non plus, lui surtout, n'ait jamais le moindre soupçon sur sa paternité.

Mathilde s'efforce de redonner à leur conversation le ton réjoui qui sied à l'occasion :

— Tu sais ce que nous devrions faire, ici, tout de suite, maintenant ?

— Non dis-moi, lui répond Luis, anticipant, amusé, une nouvelle extravagance de sa compagne.

Un court instant, elle ménage le suspense puis n'y tient plus :

— Choisir le prénom du bébé !

Incapable de contenir son enthousiasme, elle s'explique :

— Il va forcément nous interroger à un moment ou un autre sur son prénom. Tu ne t'es pas demandé ce qu'on allait lui dire ? Moi, si. Il nous faut impérativement une jolie histoire à lui conter. On ne va pas bredouiller : « Écoute, on n'habitait pas ensemble, on a décidé entre deux portes, dans la voiture ou à la cafétéria. » Quand même ! Ça va faire partie de sa légende personnelle… Quel meilleur endroit que cette plage de sable fin ? fait-elle mine de s'interroger en ouvrant grand les bras. Comme nous sommes de bons parents, nous allons lui faire cadeau de la beauté de cette journée.

Luis sent dans sa conclusion un contentement qui le bouscule, qui l'agace même un peu. Comment peut-elle être à ce point déconnectée de la réalité ? Il trace un demi-cercle dans le sable avec son pied droit et finit par lâcher :

— Tu ne penses pas que tu devrais choisir le prénom avec Paul ?

La question transperce Mathilde, tout autant que l'air désapprobateur de son amant qui contraste avec la mine surprise et ravie qu'il affichait quelques minutes plus tôt. Mais elle ne se laisse pas abattre :

— Pas du tout, qu'est-ce que tu racontes ? C'est notre enfant, on choisit à deux. J'ai préparé une liste, dis-moi ce que tu en penses.

Devant tant d'aplomb et de détermination, et pour ne pas esquinter le merveilleux souvenir qu'elle s'applique à bâtir, Luis ne trouve pas le courage de l'arrêter. Il voit du romantisme dans l'inconscience de son aimée, de la grâce dans son déni. Et si elle avait raison ? Et si le bonheur se construisait à marche forcée ?

— Si c'est un garçon, j'aimerais qu'on l'appelle Joseph, comme mon père. Tu serais d'accord ?

— Oui, c'est très bien, Joseph.

— Et si c'est une fille, j'aime bien Violette. Mon poupon préféré s'appelait comme ça quand j'étais petite. Ou Joséphine, toujours en hommage à mon père. Mais je ne suis pas sûre, je me demande si ça ne fait pas un peu vieillot, tous ces prénoms. Qu'est-ce que tu en dis ? Tu as des idées, toi ?

— Écoute, je... je n'y ai pas vraiment réfléchi...

— Sinon il y a Barbara, comme la chanteuse bien évidemment, mais c'est peut-être un peu triste. J'adore Sarah aussi mais je sais que Paul ne voudra pas, je lui en ai déjà parlé quand nous réfléchissions au prénom de Sophie. Viens, allons tremper nos pieds dans l'eau. On va voir si tu es courageux, le taquine-t-elle.

La morsure de la mer surprend Mathilde qui marque un léger recul. Ses mollets transis lui intiment de faire demi-tour mais l'envie de fabriquer une nouvelle anecdote pour son futur enfant l'en empêche.

— Allez, rejoins-moi, on s'habitue vite. J'aurais dû apporter l'appareil de Paul, pour qu'on fasse une photo, dit Mathilde sans percevoir l'indécence de cette phrase. Je l'aurais rangée dans la petite boîte que je prépare pour le bébé et où je vais garder tous les trésors de sa vie.

— Ah oui dommage, c'était une bonne idée, répond Luis en exagérant son intérêt pour l'héritage mémoriel de cet enfant pas encore né.

C'est beau de la voir si heureuse. Ça fait mal aussi. Cette joie qu'elle cultive avec ardeur, il a d'abord cru que c'était un cadeau du ciel, sans voir que c'était le reflet déformant de son incapacité à habiter le présent. Il ne voudrait rien tant que s'autoriser le bonheur et lui offrir la légèreté qu'elle attend de lui. Pourquoi ne pas succomber à la tentation de l'amnésie ? Ça pourrait être si facile de ne pas penser, en la regardant l'aimer, au fait que de l'autre côté de l'océan l'attend sa famille. Comme il serait doux d'oublier, ou de prétendre oublier, que là même où jouent ses propres enfants, on exécute, on torture, on viole. Ça pourrait être si facile de ne pas voir que Mathilde s'est jetée dans leur histoire comme on plonge d'un rocher un peu trop haut en plein été, aveuglée par son envie d'échapper à une vie trop petite pour ses rêves, au risque de se fracasser en contrebas. Il s'en veut d'aimer Mathilde et il s'en veut de ne pas être à la hauteur de cet amour. Mais il a accepté l'idée qu'ils ne pourraient s'aimer que dans l'inconfort de la culpabilité, ce poison sans répit, ce tigre indomptable qui vous croque à pleines dents à l'instant même où vous pensez l'avoir apprivoisé. S'aimer dans l'imperfection est leur seule option. Il a appris à s'en accommoder mais le pourra-t-elle un jour ?

— Et donc pour le prénom, tu as un avis ? l'interroge Mathilde, concentrée sur son objectif.

Ternir la magie du moment ne changera rien à la complexité de la situation, se dit-il. Autant lui faire plaisir et entrer dans son jeu. Il incline la tête et bascule ses yeux en l'air pour bien lui signifier qu'il réfléchit, puis se lance :

— Si c'est une fille, je crois que nous devrions l'appeler Lucia. Ou Lucie si tu préfères.

— Ah bon ? Lucie, Lucia… oui, c'est joli. Pourquoi tu penses à ce prénom ? Tu connais quelqu'un qui s'appelle comme ça ?

— Non, pas du tout. Ça me fait juste penser à *luz*… la lumière en espagnol. Je trouve que ça irait bien à ta fille de s'appeler lumière, comme celle qui irradie de toi. Tu es ma lumière et elle, ce sera la fille de la lumière.

Dans un battement de cœur raté, Mathilde s'applique à ne pas entendre qu'il a dit « ta », et non « notre » fille. En vain.

— J'aime beaucoup l'idée, répond-elle en l'embrassant sur la joue pour effacer comme sur une ardoise magique cette inaudible deuxième personne du singulier. Et en plus, est-ce que tu as remarqué que Lucie, c'est comme Luis à l'envers ? Le même début et une fin inversée. De cette façon vous serez liés pour l'éternité. Broouuuh, tu as gagné, je sors de l'eau, elle est vraiment trop froide.

— Attends, je n'ai pas fini. J'aimerais qu'on lui donne un deuxième prénom. J'ai connu une jeune femme, belle à en mourir. Elle en est morte d'ailleurs. Enfin, pas de sa beauté, mais de la barbarie des hommes. Je ne veux pas qu'on l'efface. Elle fait partie de moi, comme elle appartient à l'histoire de Lucia. Ou de Joseph, glisse-t-il en s'efforçant d'emprunter un ton aussi léger que son cœur est devenu lourd. Elle s'appelait Maria.

Mathilde a la conscience aiguë de ce qui est en train de se jouer. Il lui donne enfin une clef. Et pourtant, elle sait qu'elle ne doit poser aucune question. Elle n'a d'autre option que de simplement approuver :

— Maria, c'est magnifique comme deuxième prénom. De toute façon, ce sera une fille, j'en suis sûre ! Lucie Maria Paoli, ça sonne parfaitement !

Les jeunes parents se sont serrés un peu plus fort pour sceller le choix qui vient d'être fait. À aucun moment il ne leur a effleuré l'esprit que le bébé pourrait avoir pour nom de famille Forlàn.

*

La gaieté inextinguible de Mathilde a fini par avoir la peau des réticences de Luis. L'Uruguayen s'octroie, pour quelques instants au moins, le droit à la félicité, même si celle-ci a la forme d'un mirage. Comme n'importe quel futur papa, il se réjouit de la naissance à venir et écoute sa dulcinée babiller sur la date prévue de l'accouchement, le choix de la maternité et le sexe du bébé. Ce semblant de normalité lui fait du bien. Offrir cette satisfaction à Mathilde lui fait du bien.

Avant de remonter dans la voiture, il balaie du regard la grande plage de Bray-Dunes, habité par une nouvelle certitude. Des tyrans en bottes noires lui ont peut-être pris ses rêves mais ils lui ont légué quelque chose de bien plus précieux, des idéaux. Et son existence n'aura de sens que s'il la leur consacre. Au loin, l'Uruguay l'attend, Nora et ses enfants l'attendent. Pour eux, comme pour la poussière de vie qui grandit dans le ventre de Mathilde, il doit se battre. L'univers vient de mettre fin à la dualité suffocante dans laquelle il s'était enfermé depuis des mois : deux espaces-temps, deux pays, deux langues, deux femmes, deux familles maintenant. Son quotidien, c'était la vie d'un côté, la mort de l'autre, la liberté contre l’enfermement, la violence contre la douceur. Toutes les facettes de son être fragmenté n’ont pas disparu comme par enchantement mais il sait maintenant qu’elles ne font qu’une et qu’il doit les mettre au service d’une cause plus grande que lui.

Mathilde ne s’y est pas trompée, Luis revient changé de cet après-midi sur la plage. En lui prodiguant son amour éperdu, en pansant ses blessures, en lui offrant cet enfant qui déjà le tire vers la vie, elle tisse à son insu un piège tragique.

Elle lui insuffle la force de repartir au combat. Et donc, celle de la quitter bientôt.

10

« Je suis le désespéré, la parole sans échos,
celui qui perdit tout, et celui qui posséda tout.
Ultime amarre, en toi craque mon anxiété ultime.
En ma terre déserte tu es l'ultime rose. »

Pablo Neruda, *Vingt poèmes d'amour et une chanson désespérée*

Lille, août 1976

« La loi est bien faite », se dit Mathilde en s'extrayant péniblement du canapé. Elle pousse sur l'accoudoir de sa main droite et soutient son ventre de la main gauche. Elle a mené sa grossesse tambour battant, galvanisée par une énergie décuplée. Certes, elle ressemble depuis quelques mois à une brindille fragile affublée d'une énorme bedaine en forme de ballon de foot, mais avec son bébé sous la peau, elle se sent invincible. De dos, sa silhouette n'a pas changé, ses bras se sont juste un peu amincis. Par-devant, elle jette son « état » à la face du monde comme un obus. Elle n'a ressenti aucun des symptômes dont se plaignent généralement les futures mamans. Au contraire, au fur et à mesure que son corps s'est arrondi, elle s'est sentie plus légère. Être pleine la rend complète. Ses longs cheveux n'ont jamais été aussi soyeux ni la peau de son visage aussi nette, même son esprit lui semble plus affûté. Sans parler de l'afflux d'hormones qui lui donne l'impression de marcher sur un nuage du matin au soir. « Je suis faite pour être enceinte », plaisante-t-elle à qui veut bien l'entendre.

Mathilde, son futur enfant et leur secret volent au-dessus du sol.

Même sa relation avec Paul est au beau fixe. Ces derniers mois, il était un peu bougon, reprochant à Mathilde ses absences répétées. Pas de grandes disputes mais des piques de plus en plus suspicieuses à chaque fois qu'elle rentrait à la maison en s'excusant de son retard. Parfois sa mauvaise humeur se transformait en interrogatoire : « Où tu étais encore ? », « Qu'est-ce que tu fais avec tes nouveaux amis ? Tu te rends compte du temps qu'ils te prennent ? » Il voyait d'un œil particulièrement mauvais son amitié avec Luis. Un homme, seul, loin de sa famille, il allait forcément tenter quelque chose tôt ou tard. Quelle idée s'était-elle mise en tête de lui servir de chauffeur ? Et Daller qui la faisait travailler jusqu'à des heures indues. Se rendait-il compte qu'elle avait une famille ? Mathilde filait dans la cuisine, espérant échapper à l'inquisition comme à sa mauvaise conscience en préparant un bon dîner pour sa famille.

Mais depuis l'annonce de l'heureux événement, tout est plus serein. Paul, habituellement peu démonstratif, la couvre de petites attentions. Mathilde, elle, le couvre de mensonges. Mais elle arrive à se convaincre que ce n'est pas si grave puisqu'il n'en saura jamais rien. Et puis elle ne ment « que » par omission puisqu'à aucun moment elle ne lui a affirmé qu'il était le père de ce bébé. Quand elle lui a annoncé qu'elle était enceinte, il a logiquement pensé que cet enfant était le sien. Son émotion, contenue mais réelle, a scellé à jamais la bouche de son épouse. Paul a accueilli cette grossesse comme un nouveau départ, persuadé qu'elle allait recentrer Mathilde sur leur foyer, aveuglément rassuré par le bébé d'un autre.

Mais en cette fin d'après-midi, alors que la lumière dorée de la fin de l'été repeint l'appartement de Luis de douceur, Mathilde se sent lasse et entravée. La peau de son ventre est tellement tendue qu'il est difficile d'imaginer que le bébé va encore grossir en elle pendant un mois. Elle a mal de l'intérieur. Sa chair compressée lui révèle des endroits de son corps dont elle ne soupçonnait pas l'existence.

— La loi est bien faite, regarde-moi, on dirait une baleine. Mon congé maternité arrive à point. Je ne pensais jamais dire ça mais j'ai hâte de passer mes journées à me prélasser et à couver notre petit, dit-elle en se hissant hors de ce satané sofa bien trop bas pour elle. Et à me faire servir, ajoute-t-elle en souriant.

— Eh bien commençons dès maintenant, rebondit Luis. Reste assise là, à bouquiner tranquillement.

Tu as encore une heure avant d'aller chercher Sophie à l'école. Je vous prépare un thé, Madame ? dit-il, relevant son bras à la perpendiculaire comme le ferait un garçon de café.

— Volontiers très cher, je vous attends ici. De toute façon, je ne pourrais pas aller bien loin, grogne-t-elle en se laissant choir.

Obéissant à son chevalier servant, elle attrape le livre qui traîne sur le bout de canapé. Sur la couverture, en grosses lettres noires : PABLO NERUDA. Immédiatement accolé au nom de l'auteur mais en rouge et noir cette fois, le titre de l'ouvrage, *Cien sonetos de amor*. Pas besoin de maîtriser l'espagnol pour en percevoir la beauté immédiate. *Cien sonetos de amor*, se délecte-t-elle. En dessous, le visage d'une femme dessiné au fusain sur un aplat bleu ciel. De ses cheveux sortent des fleurs aux boutons teintés de carmin. Mathilde feuillette le recueil en essayant de déchiffrer tant bien que mal quelques poèmes, frustrée de ne pas en saisir les nuances. Elle s'enfonce encore un peu plus dans les coussins, pas mécontente de se reposer après cette longue journée de travail.

Au détour d'une page, comme un rappel à l'ordre, surgit une photo en noir et blanc de Luis, sa femme et leurs deux fils. Nora l'a glissée entre les vers le jour du départ précipité de son mari. Elle n'a pas imaginé alors qu'elle décochait ainsi une flèche à retardement dans le cœur de sa future rivale. Et pourtant le cliché déchire Mathilde. Ses doigts se crispent sur le papier argentique. En temps normal, elle se serait sûrement attendrie devant ce portrait de famille. Elle aurait gentiment raillé l'attitude un peu engoncée de Luis ou l'air cabochard de ses enfants. Elle aurait regardé Nora avec bienveillance, s'efforçant de ressentir le lien de femme à femme qui les unit à distance et d'ignorer sa certitude que l'épouse bafouée n'aurait pour elle que mépris. Elle aurait caressé l'idée que, dans d'autres circonstances, elles pourraient s'apprécier et en serait arrivée à la conclusion qu'un jour peut-être, au moins pour le bien des enfants, Nora l'accepterait.

Mais l'image qu'elle a sous les yeux la percute de plein fouet. De l'âge que semblent avoir les garçons, elle déduit que la photo a dû être prise peu de temps avant la fuite. Luis, le torse bombé, resplendit. Il était donc déjà beau avec une autre femme. À côté de lui, Nora, douce et placide, tient les enfants par les épaules. Mathilde scrute son visage. Longtemps. Comme si elle s'enfonçait une aiguille dans la peau pour voir jusqu'où elle pourrait tenir. Nora la regarde droit dans les yeux. Luis passe derrière elle pour décrocher le téléphone qui sonne et entame une joyeuse discussion avec Daniel, sans se douter du face-à-face impitoyable qui se déroule à côté de lui. Mathilde ne connaît pas cette photo. Il lui a pourtant déjà montré des clichés de Nora et des enfants, mais pas celui-ci. Le lui a-t-il caché, ou a-t-il simplement oublié son existence ? Non, impossible d'oublier une photo pareille.

La douleur est d'autant plus vive qu'elle ne s'y est pas préparée, contrairement à bien d'autres peines qu'elle redoute. Leurs familles respectives n'ont jamais été un sujet tabou entre eux. Du moins, c'était ce qu'elle croyait. Mathilde connaît tout du caractère des garçons. Les angoisses d'Eduardo, les bêtises de Juan, ce qui les fait rire, ce qui les passionne, les livres qu'ils dévorent, leurs jeux préférés, leurs disputes, et même les prénoms de leurs camarades. Elle a écouté avec plaisir Luis lui en parler pendant des heures, jusqu'à les aimer comme ses propres fils, eux qui ne savent rien d'elle. Sur l'autel du partage, et parce que son avidité à comprendre l'homme qu'elle aime dans ses moindres recoins est sans limite, elle s'est aussi immergée dans le couple qu'il formait avec son épouse. Persuadée que ce que l'on connaît fait moins peur, elle a disséqué sa relation avec Nora, une union qu'il a toujours décrite comme apaisée et respectueuse.

Elle a tout voulu savoir de leur rencontre, leur mariage, la naissance des enfants, ce qu'il aimait chez elle, ce qui l'agaçait. Tout savoir, jusqu'à la fréquence à laquelle ils faisaient l'amour. Elle a posé toutes les questions à l'imparfait pour mieux ancrer Luis dans leur présent. Lui a toujours été réticent à se prêter à ces interrogatoires qui le mettent mal à l'aise et se garde bien d'entrer dans l'intimité de Mathilde et son mari. Et quand les détails qu'elle réclame la terrassent, elle traite le mal par le mal, sûre de pouvoir apprivoiser sa jalousie en la nourrissant. Les mois passant, elle a réussi le tour de force de se concevoir comme la légitime concubine et de reléguer Nora au rang d'amie de la famille, cette famille rêvée qu'elle formera bientôt avec Luis, leur futur bébé et Sophie. Sa capacité à mettre à distance le fait qu'elle-même est mariée et à faire abstraction des dommages collatéraux éventuels fascine Luis autant qu'elle l'inquiète.

Entre deux sonnets, elle vient de se faire rattraper par ce qu'elle croyait être le passé. Un passé bien vivace, visiblement déterminé à ne pas se laisser éluder. Et porteur d'une litanie d'interrogations. Le plus simple serait de le confondre, se dit-elle. Pourquoi ne m'as-tu jamais montré cette photo ? Est-ce que tu la regardes en secret ? Qu'est-ce que tu me caches d'autre ? Est-ce que tu l'aimes encore ? Quand comptes-tu le lui dire ? Comment vas-tu annoncer à tes fils que tu as un autre enfant ? Est-ce que tu penses à elle quand on fait l'amour ? Toutes ces questions qui se bousculent et qui n'attendaient qu'une petite allumette pour exploser, il pourrait aisément les lui retourner. Mais il n'en aura pas l'occasion car Mathilde sent intuitivement qu'il vaut mieux dompter la tempête sous son crâne plutôt que d'ouvrir une discussion dont elle sait l'issue incertaine.

Luis raccroche et lance à Mathilde un anodin « Daniel t'embrasse », puis retourne dans la cuisine.

— Merde, il n'y a plus d'eau dans la casserole ! crie-t-il. Désolé, désolé, je t'en remets à bouillir et j'arrive.

Dans la tête de Mathilde, c'est Trafalgar. Est-ce que ce sont ses hormones qui lui jouent des tours ou est-ce son talent pour se mentir à elle-même qui atteint ses propres limites ?

« Il ne m'aime pas comme je l'aime. Il ne va jamais la quitter. Comme j'ai pu être stupide de ne pas voir que c'est un lâche, comme tous les hommes. C'est sûr que ça doit être plus facile avec elle… Madame vient du même monde, elle parle la même langue, ils ont la même culture. Elle a fait des études, elle. Elle connaît la musique classique et la grande littérature. Et puis elle a un avantage indéniable sur moi : elle l'a connu avant les événements. Il pourra toujours retrouver dans son regard l'homme qu'il était alors. Mais moi au moins, je sais l'aimer tel qu'il est, avec ses imperfections, ses cicatrices et ses regrets. »

Mathilde se sent en danger. Cette photo la menace, Nora la menace. Une idée la traverse et finit de la remplir d'amertume : si, d'un coup de baguette magique, Luis pouvait effacer tout ce qu'il a vécu ces trente derniers mois et réintégrer sa vie d'autrefois, il le ferait sans se retourner. Elle, à l'inverse, bazarderait son existence entière pour pouvoir vivre leur histoire d'amour. Elle a envie de l'attraper par le col et de lui crier : « Personne ne t'aimera jamais comme moi, tu sais ! » Elle lui en veut. C'est lui qui la met dans cet état. Lui, avec ses silences qui ne promettent rien et ses mots qui ne rêvent pas à demain. Lui, si rempli d'un amour sans horizon. Comment peut-elle accepter d'être aussi peu considérée ?

Elle en veut à Paul aussi. Elle voudrait le secouer dans tous les sens et lui dire d'arrêter de n'être que lui-même. Lui balancer à la figure qu'il n'aurait jamais dû l'épouser s'il ne pouvait pas l'aimer comme elle le voulait, encore moins lui offrir une vie qui l'emmène vers qui elle est.

Dans sa furie, elle oublie que c'est peut-être à elle-même qu'elle devrait en vouloir.

— Tu veux un thé vert ou une tisane fleurs de mélisse-camomille ?

Mathilde regarde une dernière fois la photo et referme le livre d'un coup sec. Bien sûr qu'elle va se taire. Pour protéger l'idée qu'elle se fait de leur amour. Et pour garantir un père à son enfant.

Luis sort de la cuisine, le plateau dans les mains, à mille lieues d'imaginer le combat que Mathilde vient de mener. Elle a bien failli se perdre dans le lacis de ses propres contradictions et il n'en a aucune idée. Il s'assied à côté d'elle et l'attire contre lui. En posant sa joue contre le creux de son épaule, elle sent sa colère s'évaporer. Comment a-t-elle pu douter de lui ? Il est là, il les aime, c'est évident, elle et le bébé. Pour finir de se rassurer, elle lui tend un piège qu'aucun homme, même le plus aguerri à la psychologie féminine, ne pourrait éviter :

— Que fera-t-on si Lucie tombe amoureuse d'Eduardo ou de Juan ?

— C'est impossible !

— On ne sait jamais. Leur écart d'âge va s'amenuiser en grandissant. Et peut-être que, comme sa maman, elle aura un faible pour les beaux Latinos, dit-elle en se blottissant un peu plus contre lui.

— C'est impossible, je te dis. Ils vont grandir ensemble. On ne tombe pas amoureuse de son frère, même s'il ne l'est qu'à moitié.

Ils vont grandir ensemble. Luis vient de commettre son premier écart de langage, sûrement le seul. En esquissant la possibilité d'un avenir commun, il est loin d'avoir conscience qu'il lui a donné le bâton auquel elle s'accrochera toute sa vie.

Et qui pourtant ne l'empêchera pas de tomber.

11

« Je dois parler du sol que les pierres obscurcissent,
du fleuve qui en se prolongeant se détruit :
je ne connais que les choses perdues par les oiseaux,
la mer laissée en arrière, ou ma sœur qui pleure. »
Pablo Neruda, *Résidence sur la Terre*[1]

Paris, avril 2020

C'est le SMS de Maman qui m'a réveillée. « N'oublie pas l'anniversaire de ta sœur. » Sur le coup, ça m'a un peu vexée, mais à dire vrai ce rappel n'était pas complètement inutile, bien que beaucoup trop matinal à mon goût. Je me perds dans les dates en ce moment. Les jours se ressemblent depuis que nous sommes confinés. Plus de semaines, plus de week-ends, j'ai perdu le fil du calendrier. J'appellerai Sophie tout à l'heure, en rentrant de ma balade avec *lui*. Pour l'instant, je vais essayer de me rendormir.

1. Trad. de G. Suarès, © Éditions Gallimard, NRF « Poésie », 1972.

*

Je ne sais pas si c'est à cause du Covid que je suis perturbée – on le serait pour moins – ou si c'est à cause de *lui*, mais le sommeil me fuit depuis des semaines. Impossible de continuer ma nuit en ce petit matin printanier. J'entends déjà les oiseaux chanter. Je pourrais m'en réjouir, y voir un des rares avantages de cette pandémie, mais je ne pense qu'à Sophie. Et l'image qui tourne en rond dans ma tête le jour de ses quarante-huit ans n'est pas très joyeuse : ma sœur, le teint blême et les traits défaits, fracassée par la douleur et l'incrédulité. C'était il y a plus de vingt ans, et je m'en souviens comme si c'était hier.

Au début je ne voulais rien lui dire. Je croyais que j'avais un truc en plus, que j'avais enfin pris l'avantage sur cette aînée à qui tout réussit. Un père héroïque, des origines exotiques, un secret palpitant, je venais de faire jeu, set et match dans la compétition tacite qui nous opposait depuis l'enfance. Et pourtant, ne pas pouvoir me confier à elle avait un goût amer. D'autant plus que ce que j'essayais de faire passer pour un triomphe ressemblait de plus en plus à une victoire à la Pyrrhus, pour ne pas dire à une débâcle.

Je sentais Maman soulagée de m'avoir enfin dit la vérité. C'est sûr qu'elle devait se sentir plus légère. Il a dû être lourd à porter, ce gros mensonge. Mais se rendait-elle compte du relais qu'elle venait de me passer ? Un poids ôté de ses épaules, une enclume déposée sur les miennes.

Puisque je savais, je ne pouvais me taire sans perpétuer la comédie. Alors j'ai envisagé de tout raconter, à ma famille au moins, et j'ai eu cette pensée affreuse : « Heureusement que Papa est mort », reconnaissante, l'espace d'un instant, envers la maladie de lui avoir épargné le profond chagrin de la vérité. Aussitôt, j'ai eu honte. Honte pour ma mère aussi. Quelle vilaine graine avait-elle plantée dans mon esprit ? Comment peut-on pousser un enfant à se réjouir de la mort de son père ? S'il avait découvert le pot aux roses de son vivant, ça lui aurait rongé les sangs, brisé le cœur, coupé le souffle. C'est ça qui l'aurait tué, pauvre Papa, il serait mort à cause de moi.

Mais Sophie, elle, était bien vivante. Après des mois de tergiversations et malgré les réticences maternelles, j'ai décidé que je ne pouvais pas l'exclure plus longtemps de ce retournement de paternité. Impossible de la laisser seule dans un monde qui n'existait pas, comme j'avais été maintenue dans le noir pendant toutes ces années, à vivre une vie qui n'était pas la mienne, à jouer le rôle d'un personnage que je croyais être moi. C'était désormais ma pire angoisse dans toute relation, d'évoluer dans une dimension parallèle créée par un mensonge. Je ne pouvais pas lui infliger ça. Aujourd'hui encore, je patauge dans la crainte de penser vivre quelque chose et de me rendre compte un jour que tout ce temps, la réalité était autre.

Ce n'est pas tant le fait que l'on me trompe qui m'effraie, mais que *je* me trompe. L'aveuglement, le fourvoiement, la fausse route magistrale. Parfois, même les signes extérieurs les plus flagrants ne suffisent pas à ouvrir les yeux de celui qui est à côté de la plaque. C'est bien ce qui arrive avec les dénis de grossesse : ces femmes ne refusent pas de voir leur corps changer, leur ventre s'alourdir, elles ne peuvent simplement pas l'appréhender car dans leur monde, ce fœtus n'existe pas. Ai-je fait un déni de père ? Quels signes n'ai-je pas vus ? Comment peut-on se méprendre à ce point sur ce que l'on vit ?

La seule certitude qui me reste, c'est que je ne me suis jamais doutée de rien. Et je suis sûre qu'elle non plus n'a pas vu venir ce que j'allais lui annoncer. Je l'ai convoquée et je l'ai assommée. J'ai pensé naïvement qu'en lui disant la vérité, j'allais briser ce putain de secret. Je ne me suis pas rendu compte qu'en ouvrant ma sœur au mensonge, j'allais au contraire l'enfermer dedans avec moi.

*

Je revois son visage décomposé, sa tête lourde dans ses mains, la colère glaciale dans ses yeux. Après un silence plus long que je ne pouvais le supporter, elle a murmuré, contenant mal son écœurement :

— Et elle nous fait la leçon toute la journée…

Elle n'avait pas besoin d'en dire plus. De l'avantage d'être sœurs. Aussi différentes soyons-nous, nous partageons la même carte du monde et je savais précisément ce qui était en train de se jouer dans son esprit. Elle ne venait pas d'apprendre que nous n'avions pas tout à fait le même sang. Elle venait de perdre sa mère – ou du moins l'image idéalisée qu'elle en avait. J'aurais voulu qu'elle pense d'abord à ma souffrance, à mon malheur, qu'elle me prenne dans ses bras en me murmurant : « Ça ne change rien. » Mais elle était une victime collatérale, elle venait d'être frappée de plein fouet. Son monde aussi venait de s'effondrer. Et je ne le comprenais que trop bien.

Alors j'ai fait ce pour quoi j'ai été programmée toute ma vie, j'ai défendu celle à qui j'en voulais pourtant tellement. N'était-ce pas là l'ultime manipulation de ma mère ? M'avoir enseigné la tolérance, à grand renfort de « il ne faut pas juger les autres », « ne jamais dire fontaine, je ne boirai pas de ton eau », ou « ne pas jeter la première pierre » ? M'avoir gavée comme une oie du sens du pardon, non pas pour m'élever moralement, mais parce qu'elle savait qu'un moment viendrait où elle serait jugée. Faire de son enfant quelqu'un de bien pour qu'il vous pardonne le jour venu, n'est-ce pas là le comble de la perversité parentale ? Toujours est-il que ce jour-là, dans mon petit appartement où j'ai appelé Sophie pour lui assener la gifle fatale, ce n'est pas ma sœur que j'ai protégée, ce n'est pas moi non plus. C'est elle. Je ne voulais pas que sa grande fille lui en veuille. J'ai donc plaidé pour ma mère :

— Tu sais, ça a dû être très difficile pour elle de porter un si lourd secret. Qui sommes-nous pour juger ? C'était une autre époque. Un temps où on ne divorçait pas sur un coup de tête, ni sur un coup de foudre. Alors elle s'est arrangée comme elle a pu avec les cartes qu'elle avait en main, elle a écrit ses propres règles du jeu. Et même si elle l'avait voulu, elle n'aurait pas pu partir, quitter Papa et vous séparer l'un de l'autre. N'oublie pas que tu avais à peine quatre ans. Elle a voulu préserver sa famille. Et ne pas détruire celle de son amant. Elle me l'a dit.

— Et tu crois encore ses conneries ? Toujours cette façon de se donner le beau rôle, de se faire passer pour une sainte…

— Tu te rends compte qu'elle a dû vivre tous les jours avec sous les yeux le portrait de son amour perdu ? Oui, il paraît que je lui ressemble. Sûrement plus qu'à Papa en tout cas, ajoutai-je dans un léger sarcasme, tentant vainement de détendre l'atmosphère. La pauvre, impossible d'oublier cet homme dont elle était raide dingue. Ma bouille comme une torture à petit feu…

— La pauvre ??? Mais tu déraillles complètement ! Et Papa ? Et toi ? Et moi ? Elle n'a fait que nous mentir, toute notre vie.

Sophie était hors d'elle. Elle pleurait de rage. Je l'ai prise dans mes bras pour la calmer. J'avais mal de lui avoir fait mal. Peut-être aurais-je dû me taire pour les protéger toutes les deux, elle et Maman. Elle m'a attrapé les épaules et m'a secouée, comme pour me réveiller :

— Tu te rends compte que ta propre mère, la personne que tu aimes le plus au monde, celle en qui tu as le plus confiance, t'a menti toute ta vie ? Elle était censée être ton roc, tes fondations, ton modèle… Qui pourras-tu croire désormais, à qui pourras-tu te fier, sachant qu'elle a eu le mauvais goût de n'être pas celle qu'elle prétendait ? C'est elle qui nous a enseigné notre socle de valeurs, qui nous a appris à distinguer le bien du mal, et elle t'annonce, la bouche en cœur, qu'elle a manigancé depuis toujours ! Comment va-t-on faire maintenant pour ne pas douter du monde entier ?

Ma sœur, comme souvent, avait raison. J'avais découvert depuis la grande révélation que le doute est un cloporte. Une fois qu'il a choisi son habitat, impossible de l'en déloger. Sauf à tout faire brûler. Et si cet habitat se trouve être votre cœur, tant pis pour vous. J'en sais quelque chose. Le doute s'est installé chez moi parce que ma mère lui a ouvert la porte. Vicieux, pernicieux, méticuleux, il utilise chaque petite faille de mon être, chaque petit vide de mon esprit, pour s'y immiscer insidieusement. Avec les années, j'ai cessé de le repousser. En lui cédant, je suis devenue son obligée. Docile et appliquée. Être sur mes gardes est devenu une seconde nature.

J'ai cru autrefois, j'avais tort.

Alors j'ai construit une forteresse, bien haute et bien épaisse, et je n'y ai accueilli que l'armée que j'allais constituer. Un à un, j'ai sélectionné les valeureux qui pourraient pénétrer mon enceinte de sécurité. Une poignée de sincères, de fidèles, de transparents comme le cristal. Des cabossés parfois, un peu déglingués comme moi mais qui me comprenaient, qui me voyaient et surtout qui ne me trahiraient pas. Et je suis devenue leur armée aussi. À la vie à la mort, à la joie à la peine, à la fête et aux défaites. Je les protège comme ils me protègent. De leur loyauté sans faille, je me suis fait une armure et tous les jours, je repars au combat contre le monde et ses dangers. Et un peu contre moi-même aussi.

Et les autres, tous les autres, je leur mens à la minute où je les rencontre.

À la question la plus banale qui soit, l'une des premières que les gens se posent pour faire connaissance, « Tu es d'où ? », je commence ma comédie :

— Du Nord.

Pas toujours si facile malheureusement. Certains sont moins candides que les autres :

— Ah oui ? J'aurais juré que tu avais des origines…

— Corses, mon grand-père, du côté de mon père, était corse. Il a épousé une Ch'ti et il est parti s'installer là-bas.

— Tout s'explique !

Voilà mon interlocuteur rassuré, sa curiosité rassasiée. Et voilà l'invisible fossé que j'ai creusé entre lui et moi.

Les seuls à qui je ne mens jamais, ce sont les docteurs et leur foutue question qui ne manque pas d'arriver : « Des antécédents dans la famille ? » Réponse travaillée au cordeau, au fil des ans. « Du côté de ma mère, non. » Silence appuyé mais pas trop long. « Je ne connais pas mon père. » Réciter ma réponse comme on ferme une porte. Juste assez d'informations pour aiguiller le corps médical, mais trop peu pour l'inciter à approfondir. D'ailleurs, aucun médecin ne l'a jamais fait. Ils s'en foutent royalement, on n'est pas chez le psy. Mais chaque fois, le même pincement au cœur. La même envie de leur crier qu'en fait, si, je le connais, mon papa, qu'il est mort et enterré, et qu'il n'y a pas le moindre risque qu'il m'ait transmis ses gènes funestes. Et chaque fois, la même sensation de l'insulter *post-mortem* en prononçant ces mots froids et définitifs devant un inconnu. La même gêne aussi. Faut-il en dire plus, donner les raisons de mon ignorance, se lancer dans des justifications interminables ? Non bien sûr, le soignant de l'autre côté du bureau n'a ni le temps, ni l'envie de m'écouter et moi, pas le besoin de me répandre. Et si nécessaire, je me raccroche à l'idée qu'il en a vu d'autres, tant son poste est un observatoire quotidien des méandres de l'âme humaine. N'en reste pas moins que je n'ai pas de quoi combler le trou noir provoqué par la question. Y a-t-il oui ou non des maladies dans la famille qui constitue la moitié de mon ADN ?

Sophie, dont la fureur ne faiblissait pas, ne se souciait guère de ma génétique. C'était un autre sujet qui la préoccupait. Sa voix s'est faite fragile quand elle m'a demandé :

— Il a des enfants ? Enfin d'« autres » enfants ? Je veux dire, tu as des…

— Des quoi ? Je n'ai qu'une sœur et c'est toi. Mais oui, il a des enfants. Deux fils, Juan et Eduardo.

Ces deux prénoms dont l'exotisme me rappelle l'océan qui nous sépare marquent aussi la distance bien plus symbolique et bien moins franchissable qui fera de moi à jamais leur intruse. Je ne connais rien de leur vie, de leur culture, je ne parle pas un mot de leur langue. Nous sommes des étrangers dans tous les sens du terme. Je me demande si je leur ressemble. Sophie et moi sommes si différentes, tant physiquement que de tempérament.

— Tu crois qu'ils sont au courant ?

— Je suis sûre que non. Je me demande s'ils seraient heureux ou chagrinés d'apprendre que quelque part sur Terre vit un être humain qui partage le même sang qu'eux.

— Ils ne pourraient que se considérer comme chanceux de t'avoir comme sœur.

Elle a prononcé ces mots, les yeux embués, en me donnant une pichenette sur la joue, ce léger claquement de doigts dont elle me gratifie depuis que je suis toute petite, qui m'a agacée souvent mais qui ce jour-là voulait dire : « Je t'aime. »

— Moi, je pense plutôt qu'ils me détesteraient d'être née.

J'ai ajouté : « Mais ça m'est bien égal » pour la rassurer, même si, bien évidemment, je ne demandais qu'à les aimer. Et pour finir de lui montrer que personne ne prendrait sa place, je me suis lancée dans une grande tirade un peu caustique, en utilisant ce ton bien à nous, celui qu'on empruntait quand on voulait dire du mal des parents, ou se moquer de nos copains de classe.

— Ils devraient plutôt me remercier de n'avoir pas (encore) pulvérisé leur monde. J'ai entre les mains le pouvoir de tout faire sauter. Le mariage de leurs parents, leur famille, leurs illusions, la carrière politique de leur père… je suis une vraie poudrière. Gare à vous, Monsieur mon père. Comment vas-tu me gérer ? Je suis plus coriace que ma mère, je te préviens. Je ne me contenterai pas de quelques messages sibyllins de temps à autre.

— Ah ça, c'est sûr, il ne sait pas où il a mis les pieds celui-là.

On a essayé d'en rire mais au fond de moi, je me disais – et je me dis encore parfois – que c'était ça, la solution : tout faire péter. Pouf, plus de secret. Et une vengeance pour le même prix. Rien que d'y penser, ça me fait du bien. Et puis, étonnamment, la perspective d'être celle par qui le scandale arrive n'a rien pour me déplaire. Cette importance qu'il n'a pas voulu me donner, si je venais l'arracher ? On n'est jamais mieux servi que par soi-même. Il suffirait d'un coup de fil, d'un e-mail envoyé à n'importe quelle rédaction uruguayenne ou même d'un simple post sur les réseaux et la nouvelle se répandrait comme un feu de forêt. Être vue comme sa fille par les yeux de tout un pays, ça compenserait presque le regard qu'il n'a pas posé sur moi.

*

Je l'ai trouvé petite, ma grande sœur en la regardant partir.

Nous n'avons plus jamais parlé de cette conversation. C'est peut-être sa façon de me dire que je suis sa sœur, un point c'est tout. Ou peut-être que ce jour-là s'est creusée entre nous la faille du demi. Demi-sœur, pas sœur. Qu'est-ce qui compte le plus, ma Sophie, la microscopique goutte de sperme qui me réduit de moitié ou cette enfance partagée qui nous unit à jamais ? Les soirées d'été à faire du skateboard sur le trottoir devant la maison, les battues dans la prairie pour retrouver notre chien quand il se sauvait, les cabanes dans le salon, le chemin de l'école que nous faisions côte à côte, clef autour du cou, sans nous parler le plus souvent, les spectacles improvisés devant les amis de nos parents, les dimanches à regarder la pluie par la fenêtre, les vacances dans le maquis de notre Corse adorée, les parties de Mille Bornes, les journées entières à grimper dans le seul arbre du jardin, notre vénéré cerisier, les Playmobil qu'on se disputait, nos premiers amoureux, nos premières cigarettes, et cette série, *Santa Barbara*, que nous regardions en cachette… Qu'est-ce que ça change ? On a bien les mêmes souvenirs. On a bien le même papa…

C'est lui qui nous a appris à faire du vélo, à nager, c'est avec lui que nous nous sommes engueulées à l'adolescence, c'est lui qui n'était pas là quand nous nous sommes mariées.

C'est lui qui nous manque à en crever.

12

« Près de l'eau hivernale
nous avons, elle et moi,
dressé un brasier rouge
en épuisant nos lèvres
à embrasser nos cœurs,
en jetant tout aux flammes,
en brûlant nos deux vies.
Ainsi fut ta naissance. »

Pablo Neruda, *Vingt poèmes d'amour et une chanson désespérée*

Punta del Este, avril 2011

J'entre dans la chambre la première. Tout n'est que subtil mélange de blanc, de beige, de bois foncé. Dans cet hôtel du bout du monde, sur ce continent qui m'est totalement abstrait, je retrouve les codes standardisés du bon goût international. La sobriété en étendard d'un luxe universel. Cette impression de familiarité immédiate m'apaise. Ma mère furète déjà dans la chambre, s'asseyant sur les deux *king size beds* tour à tour, caressant de sa main leur couette géante, visitant les toilettes et la salle de bains comme si elle entrait dans un musée, s'amusant à faire coulisser les immenses miroirs qui cachent les placards. Quand elle referme la porte sur le chasseur en lui laissant pour seul pourboire un *gracias* fredonné avec enchantement, elle s'exclame : « On va être bien ici ! » Son ton guilleret suinte la satisfaction, la fierté mal dissimulée de nous avoir offert ces quelques jours dans un si bel endroit, et surtout la perspective des réjouissances à venir.

En la regardant, je me souviens que quelque part en moi, elle a semé cette même capacité à savourer les menus plaisirs de la vie, cet enthousiasme à toute épreuve. Nous avons grandi avec une maman qui s'émerveillait de tout. Si elle apercevait du dernier étage de notre maison un joli coucher de soleil, elle nous faisait monter les marches quatre à quatre et nous agglutinait contre le velux pour admirer le dégradé céleste. Aux premières neiges, elle nous réveillait tôt le matin, en transe, et nous nous extasiions avec elle, les yeux encore lourds de sommeil, devant ce cadeau de la nature. Sa joie n'était pas feinte. Elle n'était pas niaise non plus. C'était un choix, une revendication. Elle nous répétait souvent : « Les p'tits bonheurs, il faut les attraper et les serrer fort contre soi. Si on les collectionne, ils finissent par former un grand bonheur. » Mon père, avec son esprit plus pragmatique, était totalement hermétique à sa poésie. Et chaque été sur la plage, nous avions droit aux mêmes sarcasmes. Là où elle nous montrait des galets en forme de cœur, il ne voyait que des cailloux.

Que me reste-t-il aujourd'hui de ce sens de la beauté de la vie, de cette vénération du moment présent ? En grattant un peu, je dois bien pouvoir les retrouver sous la surface. Même si en grandissant, j'ai appris que les p'tits bonheurs sont parfois paresseux. Ils ne protègent pas toujours des grands malheurs.

C'est peut-être à cause de ça que son excitation me laisse de marbre. Cette journée si particulière appelle une forme de solennité, de respect, et la bonne humeur de ma mère jure avec l'importance de ce que nous nous apprêtons à vivre. Je lui dis d'un ton badin : « Profitons de l'accalmie pour aller nous promener en ville. » Bien sûr, elle est d'accord, avide de découvrir son paradis latin.

Le décor qui se déploie devant nous est bien loin de ce que j'avais imaginé. Quand j'ai lu dans *Elle* que la jeunesse dorée de toute l'Amérique du Sud se réunissait ici, je n'avais pas visualisé ces grandes avenues sans vie et détrempées par la pluie. J'avais imaginé des corps luisants sous le soleil, des visages heureux dans lesquels je me reconnaîtrais et des bars, des petits restos, de la musique. Antoine me le dit souvent, j'ai le cerveau rempli de clichés.

Nous longeons les immenses plages de sable blanc, désertes et tristes, pour arriver au centre-ville. De l'autre côté de la route, des villas cossues entourées d'imposantes pelouses. À qui appartiennent ces maisons d'architecte, avec leur double garage, leurs voitures de collection, leurs œuvres d'art en ribambelle ? À de richissimes hommes d'affaires argentins ?

Des stars de cinéma ? Des mafieux ? Des politiques comme lui ? Je me demande dans quel genre de maison il habite. Nous nous promettons de revenir goûter au panorama qu'offrent ces belles demeures quand le temps sera plus clément.

Petit à petit, j'abandonne mon sérieux. Ma mère a toujours su rendre sa gaieté contagieuse. Malgré ce gris qui nous entoure, c'est comme une aventure. Nous avons toutes les deux quinze ans. Je conduis, elle fait le copilote, la carte sur les genoux. On pourrait croire que nous sommes en vacances, une mère et sa fille, légères et complices. La rue principale aurait pu tenir ses promesses par un jour ensoleillé : à droite les flots bleus du Rio de la Plata, à gauche la robe irisée de l'océan. Mais les quelques téméraires qui sautent d'échoppe en échoppe pour s'abriter de l'épais voile de pluie donnent à la cité balnéaire un parfum de désolation. Punta del Este se refuse à moi. Comment ne pas y voir un signe ?

Devant les photos qui s'exhibent sur le mur de l'agence immobilière, ma mère suggère : « On pourrait s'acheter une maison de vacances ici, ce n'est pas plus cher qu'en Provence. » Toujours ce même air enjoué, ces mêmes yeux brillants, cette même déconnexion de la vraie vie. Une maison en Amérique latine ? Je la regarde, incrédule. J'ai l'impression de la voir pour la première fois. Une femme enfant, la tête pleine de rêves cultivés depuis sa plus tendre jeunesse.

Cet optimisme forcené, que j'ai toujours pris pour une grande qualité, m'apparaît soudain comme un peu pathétique – les derniers vestiges d'un vieil édifice qui menace de s'écrouler. Jour après jour, elle s'est réfugiée dans une vie fantasmée qui l'a aidée à supporter un réel beaucoup moins romanesque. Elle a réécrit les chapitres de son existence en les agrémentant d'émois frénétiques, de combats qui n'étaient pas les siens, de terres vierges, de poèmes de Neruda et d'enfants multicolores. Et chaque soir, avant de s'endormir, elle les a relus frénétiquement. Elle a cru tellement fort à son propre récit qu'elle m'y a emmenée, façonnée même. Cet enjolivement permanent de la réalité, je me pique d'en être sortie, d'avoir ouvert les yeux sur le passé, un passé bien moins glorieux que ce qu'elle a bien voulu me raconter – que ce qu'elle a bien voulu se raconter à elle-même, surtout.

Au moment de donner un titre à son histoire, elle a choisi « Grand amour impossible » quand il aurait fallu préférer « Liaison adultère d'une banalité absolue ». Un homme rencontre une femme jeune, naïve et attirante dans un pays lointain. Ils vivent une belle idylle. L'homme repart chez lui, auprès de son épouse et de ses enfants. Il continue son existence, comme si de rien n'était. Au mieux, il garde pour son ancienne conquête une affection teintée de nostalgie. Au pire, il tourne la page sans ciller et se réinvente un présent qui ignore tout d'elle et de l'enfant qu'elle porte. La femme, elle, refuse de voir qu'elle n'a été qu'une tendre parenthèse. Elle s'accroche à un conte qu'elle revisite à l'envi, se repaît d'un amour qui devient de plus en plus beau à mesure qu'il s'éloigne, de souvenirs et de regrets.

Titillée par ma rancœur, je m'oblige à envisager un scénario encore moins édulcoré où le héros serait juste un salaud qui aurait engrossé une femme dont il savait qu'elle ne le poursuivrait pas. Une amante bien pratique car mariée et vivant à cent mille kilomètres du pays où il n'allait pas tarder à retourner. Un lâche, un égoïste qui abandonne maîtresse et enfant sans remords. Mais même dans mes heures les plus sombres, celles où je me jette à corps perdu dans les bras de la colère, je n'arrive pas à m'en prendre directement à elle, à lui arracher des mains le mythe qu'elle a construit pour lui montrer qu'il ne s'agit que d'une supercherie. Détruire ses illusions serait cruel et inutile.

D'ailleurs, ne me suis-je pas attribué aussi un peu de l'aura du grand homme que ma mère nous a inventé ? Que resterait-il de moi sans cette histoire hors du commun, sans cet illustre inconnu devenu prophète en son pays que je peux appeler père quand le besoin de me rendre plus intéressante que je ne le suis se fait sentir ? Et quand bien même ce serait le cas, qui pourrait en vouloir à une demi-fille, une enfant à moitié reconnue, de se raconter qu'elle n'en est que deux fois plus importante ? Quitte à avoir été désertée, autant y trouver un peu de prestige.

Nous nous dirigeons vers la plage, le temps s'est éclairci. Le ciel s'est teinté de parme et d'or. Quelques rais de lumière descendent jusqu'à la mer qui a retrouvé sa couleur bleue. La grâce de ce tableau me fait penser à la Corse. Au soleil couchant sur l'archipel des Sanguinaires. À la splendeur d'une terre dont je ne pourrai plus me prétendre héritière. Finies les années à me vanter, me donner un genre, habiter un personnage plus mystérieux que moi. Tout ce temps que j'ai passé à chercher en moi des traces de sa pureté sauvage, de sa pudeur, de sa fierté, à me raconter que mes cheveux embaumaient le maquis et ma peau, les effluves de Méditerranée. Moi la fille du Nord, j'ai grandi dans la mythologie de l'appartenance à une île lointaine et baignée de soleil. Une île de beauté qui, du moins le croyais-je, me faisait détoner au milieu des têtes blondes de notre plat pays natal et me rendait aussi précieuse que ses immortelles. Mon père n'étant pas mon père, mon grand-père n'est pas mon grand-père et je n'ai donc pas reçu de lui la Corse – ou alors en rêve seulement. Maintenant que je veux me trouver, je dois la laisser me quitter, accepter que rien ne me relie à elle, à part le souvenir des étés de mon enfance. La grande révélation a coupé mes racines artificielles d'un coup sec et tranchant. Il me faut tenir debout autrement, couler de nouvelles fondations, redéfinir l'essence même de mon identité. Pas de sombre Colomba ni de chants polyphoniques dans mes bagages.

Au revoir la Corse, bonjour l'Uruguay. Vais-je pouvoir me raccrocher à toi ? Et si ce tempérament latin dont toute ma famille s'amuse, qui m'a valu tant de coups de sang et que je n'arrive pas à m'expliquer, venait de toi ? A-t-il poussé quelque part ici, dans cet hémisphère sud qui me met sens dessus dessous ? Suis-je censée me reconnaître dans le comportement des gens que je croise ? Vas-tu me donner les clefs de mon identité ou, mieux, m'aider à la construire ? En regardant ce coucher du soleil qui ressemble à une toile de Turner, je me demande pourquoi j'ai besoin de cet artifice pour savoir qui je suis. Trop d'interrogations, pas assez de temps pour élaborer les moindres réponses. Nous devons rentrer à l'hôtel. C'est l'heure de se préparer pour le grand soir.

Je me maquille dans la salle de bains. Ma mère est déjà prête. Elle rayonne. Mes mains tremblent. Je ne me sens pas belle. Et la ligne noire que je dessine maladroitement pour allonger mes yeux ne fait qu'accentuer mon désarroi. Tout à coup, je m'aperçois de mon appréhension, de mes mimiques, de la façon dont je me tends et panique comme si j'allais à un rendez-vous galant. Pourquoi ce désir de lui plaire ? Je méprise ma soif de reconnaissance de la part d'un homme qui ne m'est rien. Un minable intrus dans ma vie. Je déteste encore plus ma peau qui n'a pas pu dorer au soleil parce que du soleil, il n'y en a pas dans ce maudit pays, en ce maudit mois d'avril. Ce teint blafard est à l'opposé de la mine radieuse et hâlée que je voulais lui présenter. Ce n'est pas avec ma triste mise que je vais l'impressionner, lui faire regretter toutes ces années perdues. Je me déteste du gringue que je m'apprête à lui faire.

De toute façon, c'est foutu, il fait trop froid pour mettre la robe de jeune fille modèle que j'ai emportée. Un coup d'œil sur le côté m'apprend que mes tiraillements n'ont pas l'air d'avoir de prise sur ma mère. Tandis que je me torture, elle plane. Elle paraît dix ans de moins dans sa tenue légère et élégante. Aucun caprice de la météo ne l'empêchera de mettre l'ensemble blanc à grosses fleurs noires qu'elle s'est acheté pour l'occasion. Ni de l'agrémenter avec ses nu-pieds à talons hauts, tout neufs et tout brillants. J'envie sa beauté. Je vomis son exaltation. Par bouffées violentes, un sentiment d'injustice s'empare de moi et étoffe ma colère. Je ne sais pas ce qui me retient d'exploser. Pas de raison que je vive ça, pas de raison de devoir être forte, encore. Et polie et gentille. Souriante bien sûr. Je sais pourtant que je vais l'être, je ne sais pas faire autrement. Trop bien élevée pour gâcher la fête.

Nous descendons bien avant l'heure, en quête d'une table avec vue sur l'entrée. Sans nous l'avouer, nous savons que notre avance nous donnera un ascendant psychologique sur lui. Nous n'en menons pas large, tout ce qui peut nous conférer un peu d'aplomb est bon à prendre. Quelle ironie de nous voir nous installer si tôt, nous, les deux incorrigibles retardataires. Pour faire rire ma mère autant que pour m'étourdir un peu, je commande un mojito. Dans un sursaut d'audace, elle me suit. Nous trinquons à ce moment unique. Nous en avons tant rêvé, chacune à notre manière. Nous y sommes. Dans quelques minutes, il sera là et rien ne sera plus jamais pareil.

Une question m'obsède. Comment dit-on bonjour à son père quand on le voit pour la première fois ? Dans mes nuits sans sommeil, j'ai souvent imaginé lui tendre une main froide et distante, lui servir un vouvoiement culpabilisateur, assorti d'un « Monsieur » qui claquerait comme une insulte, le renverrait à sa condition d'homme méprisable. Mais je manque de panache, de haine aussi. J'en parle à ma mère qui a l'air surprise par mes atermoiements, ce qui m'agace. Je me demande s'il se pose les mêmes questions que nous. Dans quel état se sent-il alors qu'il roule vers notre hôtel ? Est-il inquiet ? Impatient ? Fatigué par une longue journée de travail ? Regrette-t-il d'avoir accepté de venir ? A-t-il envie de faire demi-tour ? Qu'attend-il de cette entrevue ? A-t-il peur de ne pas nous reconnaître ? De mes reproches ? A-t-il préparé un speech digne de ses meilleurs meetings ? Mesure-t-il à quel point ce moment est crucial ?

Et nom de Dieu, pourquoi ne vient-t-il pas ? Il devrait être là depuis quinze minutes déjà. Quel père arrive en retard à la toute première rencontre avec sa fille ? Mérite-t-il seulement cette appellation ? Oui, sûrement, puisqu'il est le papa d'autres que moi. Les battements de mon cœur s'accélèrent, ma peau tremble sur mes os. Je commande un autre verre. Les vapeurs de ce deuxième mojito me montent à la tête et me donnent le courage de mettre fin à ce supplice.

— Viens Maman, on remonte. Il ne viendra pas.

— Aie confiance ma chérie, il viendra.

Il va vraiment falloir que j'explique à ma mère qu'on ne vit pas au pays des Bisounours. Cette foi inébranlable en l'être humain, surtout quand il s'agit de cet homme, m'horripile.

— Il ne viendra pas Maman. Tu sais pourquoi ?

Je vais tout lui balancer. Lui dire qu'elle se trompe sur son compte depuis le début, qu'il est temps qu'elle redescende de son nuage, que ce n'est qu'un sale... Mais pour cela, il me faudrait un troisième verre. Et surtout, il faudrait que je ne sois pas interrompue par un timide : « Bonsoir Mathilde, bonsoir Lucie. »

En une fraction de seconde, tout s'agite dans mon esprit. Il est là et je ne l'ai pas vu arriver, j'ai perdu mon avantage tactique.

Ma mère se lève la première, hésite un très court instant puis l'enlace. Il se laisse faire. Pour ne pas passer pour un bloc de glace en talons, j'oublie la poignée de main et opte pour la très française bise qu'il ne maîtrise pas, bien sûr, comme tous les étrangers, ce qui ajoute du bizarre au bizarre.

Il est moins grand que je ne l'avais imaginé. Un mètre soixante-quinze au plus. Elle m'avait toujours vanté sa taille et son élégance. J'aurais dû intégrer dans ma construction mentale la perspective visuelle toute relative de ma mère qui se situe près de dix centimètres en dessous de la mienne. Et la force de son admiration pour lui. On dit que les jeunes enfants, quand ils dessinent leurs parents, les dotent de membres immenses, car ils les voient d'en bas bien entendu mais aussi comme une métaphore de la toute-puissance qu'ils leur accordent. De la même façon, ma mère, au fil de ses rêveries, a dû faire gagner quelques centimètres à son bellâtre.

En revanche, côté élégance, elle n'a pas menti. Malgré la couleur presque passée de son costume beige, la raideur du col siliconé de sa chemise, il se meut avec grâce et autorité. A-t-il choisi sa cravate en pensant à nous ce matin ou enfilé machinalement l'une de celles que son poste au gouvernement lui impose ? Ses cheveux forment sur son crâne par crans successifs un dégradé de gris qui me rappelle les vagues de la mer du Nord. Et son visage…

ce que j'espérais et redoutais à la fois me frappe de plein fouet. Notre ressemblance est incontestable. L'ovale de sa figure, ses yeux bruns en amande, son nez en tous points identique au mien, ses lèvres charnues. Il n'y a plus de doute possible. Après toutes ces années, toutes ces confrontations avec ma mère pour trouver une faille dans son récit, après mes kilomètres de supputations biologiques et vérifications scientifiques, j'espérais encore pouvoir me rendre compte en le voyant que toute cette histoire n'était que chimères. Qu'elle avait inventé ces sottises pour mieux vivre l'abandon de celui qu'elle aimait. Je me trouve bien obligée d'admettre qu'elle a dit vrai. Il n'y a plus d'échappatoire. Je continue de le dévisager.

Me reconnaître dans ses traits me soulage autant que cela me terrorise.

Il s'assied à notre table et nous badinons pour conjurer l'embarras. Il nous raconte comment, comme dans les films d'espionnage, il a pris congé de son chauffeur pour venir à notre rendez-vous secret. « Vous n'imaginez pas le scandale », prend-il soin de préciser, évoquant à demi-mot l'impact politique et médiatique qu'aurait l'ébruitement de ce dîner. Je le soupçonne de surjouer les conséquences d'une éventuelle fuite pour protéger son propre confort. Mais après tout je ne connais rien de ce pays, de ses mœurs ou de sa politique, alors je lui laisse le bénéfice du doute. Ma mère est flattée qu'il ait encouru autant de « risques » pour nous voir. J'ai envie de pointer les risques qu'il n'a jamais pris pour nous mais je m'abstiens.

Quelle étrange scène que ce repas où chacun des protagonistes essaie de charmer les autres. Maman minaude, je fanfaronne sans en avoir l'air, Luis nous déroule son impressionnant *curriculum vitae* tout en jouant les modestes. Il devient vite évident que nous allons tous y mettre du nôtre et que la soirée s'annonce agréable. Je suis partagée entre la conscience acerbe du surréalisme de cette situation et l'étonnement de voir ma mère si gaie et si émue. Elle est profondément heureuse de le retrouver. Trente-quatre ans se sont écoulés depuis leurs adieux à Orly. Je la sens inquiète d'avoir perdu sa beauté d'alors, inquiète du regard qu'il va poser sur elle. Elle arrange sa mèche blanchie par le temps, rentre le ventre pour laisser deviner sa taille d'antan, cache ses mains l'une avec l'autre pour soustraire au regard de son ancien amant les taches et les veines qui les maculent. Ce qui n'a pas changé, j'en suis sûre, c'est son sourire. Il illumine la pièce comme il a illuminé mon monde depuis toujours, et j'imagine celui de Luis à une époque. La voix rêveuse, ma mère lance :

— Ça fait combien de temps ?

— Trente quelque chose, j'imagine, répond Luis.

Je me retiens de rouler des yeux tandis qu'elle se met à compter sur ses doigts avec une application démesurée. Comme si ma mère avait besoin du moindre calcul pour connaître le nombre d'années qui se sont écoulées depuis leur séparation.

— Trente-quatre ans. C'est toute une vie…

— Oui, la mienne, rétorqué-je, bravache.

Pour dissiper le malaise, ma mère enchaîne :

— Comment vont les garçons ?

— Ce sont des hommes maintenant. Eduardo est cardiologue à l'hôpital de Montevideo. Il est marié à une femme très bien, médecin elle aussi. Ils ont trois enfants. Juan, lui, a un enfant, une petite fille dont il est fou. Malheureusement il est séparé de sa maman.

— Je t'ai quitté jeune homme et te voilà grand-père ! le taquine-t-elle.

J'ai envie de lui dire : « Non Maman, tu ne l'as pas quitté, *il* t'a quittée », mais je les regarde côte à côte, complices et réjouis, et j'ai honte de mon aigreur. Sa gaieté surjouée m'exaspère autant qu'elle me touche. Je ne l'ai jamais vue comme ça. Mon roc est fragile ce soir. Fébrile aussi. Je m'aperçois qu'elle était plus jeune que moi quand leurs chemins se sont croisés. N'est-ce pas là une circonstance atténuante que je dois leur accorder ? Je les observe, réunis à la même table, et je ne peux m'empêcher de projeter cette image dans l'univers parallèle où nous ne serions pas des inconnus, mais une famille. Ces deux-là auraient pu être mes parents si la vie en avait décidé autrement. Mais est-ce vraiment la vie qui a décidé ?

— Parle-moi de Sophie, comment va-t-elle ? reprend Luis.

Et j'entends ma mère, entre l'entrée et le plat principal, lui raconter par le menu toutes les péripéties de la vie de ma grande sœur. Elle enjolive la réalité, ce qui me contrarie. Une évidence me percute : il se soucie plus d'elle que de moi car elle, il la connaît. Il l'a connue tout du moins. Elle est un souvenir tangible et physique, alors que je ne suis qu'un rendez-vous manqué, une pensée abstraite enfouie bien profondément au fil des années.

Ma mère se lance ensuite dans l'énumération des lieux que nous avons visités depuis notre arrivée. Je n'en crois pas mes oreilles. J'ai l'impression qu'elle récite le *Lonely Planet*. Elle commence par l'Argentine et nous abreuve de ses commentaires sur les quartiers touristiques de Buenos Aires. Puis elle enchaîne avec Montevideo, son centre « un peu décati mais si charmant », le Mercado del Puerto, le Teatro Solis qui ne l'a guère impressionnée, les peintures géométriques de Torres García qui nous ont subjuguées. Elle ne s'arrête plus de parler. Elle va s'attaquer aux grandes avenues de Punta del Este quand la serveuse, providentielle, l'interrompt pour commander nos desserts. Je n'y tiens plus, je profite de cette aubaine pour m'adresser à Luis, en plantant mes yeux dans les siens :

— J'ai quand même un certain nombre de questions à te poser, tu sais.

— Oui, je m'en doute, me répond-il calmement. C'est la raison principale de ma venue ici. Ta maman m'a dit, lorsqu'elle m'a contacté pour organiser ce voyage, que tu avais besoin d'explications. Le temps a passé et la mémoire me fait parfois défaut, mais je vais essayer de te les donner.

Sa réponse, bien qu'emplie de bonne volonté, ne me plaît pas. Je ne veux pas qu'il soit venu boucher des trous. Je veux qu'il soit là parce qu'il crève d'envie de me rencontrer, de me connaître, de me demander pardon, de se faire aimer par moi. Je me lance dans une salve d'interrogations directes et concises.

— Pourquoi es-tu parti ?

— Parce que j'avais le besoin impératif de rentrer dans mon pays. Pour rejoindre ma famille, mais aussi parce que j'ai eu une révélation en France. Je devais me battre, faire changer les choses. J'avais le devoir de lutter contre l'injustice et l'oppression. C'était un appel plus fort que tout. J'allais y consacrer ma vie entière. La route n'a pas été sans encombre. Je me suis d'abord installé au Venezuela. C'était trop dangereux de retourner à Montevideo. J'y aurais immédiatement été arrêté, d'autant plus que j'étais de plus en plus impliqué dans les activités « subversives » de la diaspora. J'ai arrêté d'enseigner et je suis redevenu médecin. Je me suis occupé de populations défavorisées dans les *barrios* de Caracas. J'ai beaucoup aimé ce travail, je me suis senti utile. Ma femme et mes enfants m'ont rejoint un an après mon arrivée. C'était merveilleux de se retrouver. Nous pensions rester à Caracas quelques mois seulement mais ce nouvel exil a duré jusqu'en 1984. C'est seulement à cette date que nous avons pu rentrer, juste après les élections qui ont retiré le pouvoir aux militaires. Dix ans, ils m'ont pris dix ans de ma vie...

« À mon retour, j'ai trouvé un pays fracturé. Il fallait tout reconstruire. L'inflation était délirante, la dette extérieure, écrasante, les forces vives du pays s'étaient exilées pour fuir la dictature ou par nécessité économique, le système scolaire était en ruine, et je ne te parle pas du traumatisme de la population et de la nécessaire réconciliation entre les anciens bourreaux et leurs victimes. C'est à ce moment-là que je me suis engagé en politique, et depuis je ne fais que ça.

J'envisage un instant de m'intéresser à sa nouvelle carrière mais les mots que je viens d'entendre me sont restés en travers de la gorge. « Ma femme et mes enfants ». Encore une fois, on m'efface de la photo. J'ai envie de le corriger : « Ta femme et deux de tes enfants » mais je préfère continuer mon interrogatoire :

— Pourquoi n'es-tu jamais venu me voir ?

— Au début, nous nous sommes écrit, Mathilde et moi. Je lui demandais de tes nouvelles, elle me racontait tes progrès, tes premiers mots, tes premiers pas. Je me souviens même de ta rentrée à l'école maternelle. Ta maîtresse avait un chien, non ? Un cocker je crois. Je ne sais pas pourquoi je me rappelle ce détail. Et puis la vie a fait son œuvre. Nos courriers se sont espacés. Je te savais heureuse avec ta sœur, ta maman et ton papa. J'aimerais te dire que j'étais entièrement dédié à ma propre famille mais la vérité, c'est que j'étais obnubilé par mon ambition. Les campagnes, les élections, le pouvoir, c'est une véritable drogue. Le sentiment d'être utile aussi, d'avoir un impact. Quand il faudra faire le bilan, je ne pourrai pas m'enorgueillir d'avoir été un père de famille présent et attentif pour mes fils mais je pourrai me targuer d'avoir aidé mon pays à se relever, à se réformer. Et d'avoir amélioré la vie de millions de personnes. En tout cas, je l'espère.

Le fait qu'il ne pense même pas à m'inclure à l'heure des comptes me crucifie. À quoi bon aider tous ces gens s'il n'est même pas capable de s'occuper de sa propre fille ? J'enchaîne sur le ton le plus neutre que j'arrive à composer :

— Tu as parlé de moi à quelqu'un ? C'était difficile pour toi de garder le secret ?

— Non. Je ne t'ai pas oubliée mais je t'ai rangée dans un tiroir de ma vie que j'ai décidé de ne plus ouvrir. Non pas par indifférence mais par acceptation. Je ne faisais pas partie de ta vie, ni toi, de la mienne et c'était bien ainsi.

— Tu ne t'es pas demandé ce que je pourrais ressentir le jour où j'apprendrais la vérité ?

Luis s'arrête et se tourne un instant vers ma mère puis continue :

— J'espérais que tu ne l'apprendrais jamais. À quoi bon remuer le passé ? Mais tout au fond de moi, je savais que je recevrais un jour le coup de fil qui me mettrait face à mes responsabilités.

— Et tu le craignais ?

— Pour le mal que cela pourrait faire à ma famille, oui. Pour le danger que cela représentait pour ma carrière, oui. Mais je n'avais pas peur de t'affronter car j'ai fait ce qu'il y avait de mieux à faire.

Il se reprend :

— *Nous* avons fait la seule chose qu'il était possible de faire.

— Étais-tu amoureux de ma mère ?

Je n'ai pas regardé Maman en posant cette question. Mais je sens son cœur s'arrêter de battre. Elle est suspendue à sa réponse comme si sa vie en dépendait.

— Oui, follement. Nous n'étions pas mariés mais nous nous aimions plus que la plupart des couples. Nous avons fait ce bébé, toi, par amour, pour célébrer le miracle de notre rencontre. Je sais que c'est difficile à comprendre sorti du contexte mais c'était une très belle histoire. Même si cela peut paraître déraisonnable, c'était réfléchi. Nous en avons parlé pendant des mois. Elle te désirait tellement qu'elle m'a donné envie de toi. Tu étais le plus merveilleux cadeau que je pouvais lui faire avant de partir. Je n'avais jamais connu quelqu'un d'aussi pur, d'aussi intense, d'aussi vrai. Elle était vierge de toute méchanceté, de tout mépris. Curieuse de tout, affamée d'apprendre. Et par-dessus tout, elle était avide d'aimer. Avide de m'aimer. Elle m'a adoré de tout son être alors que je n'étais que le fantôme de moi-même. Elle m'a réparé. D'une certaine façon, je pense que nous nous sommes sauvés l'un l'autre.

Et voilà, en quelques mots, Luis vient de mettre fin à quinze années de suppositions, d'incompréhension. Tout devient limpide. Je me tourne vers Maman qui n'a pas dit un mot pendant cet échange, buvant chacune de ses paroles, me couvant du regard. Sur son visage, une émotion plus solennelle. Ce n'est plus le délice des retrouvailles avec son grand amour de jeunesse qui l'habite, ni même la joie de nous voir tous deux réunis, non, ce qui la bouleverse au plus profond d'elle, c'est ce que je suis en train de vivre intérieurement et qu'elle seule peut mesurer. Depuis tant d'années, il manquait une pièce à mon puzzle et Luis vient de me l'apporter sur un plateau. J'étais un cercle incomplet et il vient de le refermer. Mon père ne m'a pas abandonnée. Non, il ne m'a pas reniée, puisqu'il n'a jamais pensé m'élever. Je n'ai jamais été pour lui un horizon dans lequel se projeter.

La réponse à toutes mes questions est d'une férocité salvatrice : je n'ai tout simplement jamais été envisagée.

13

« Tout l'amour dans une coupe
grande comme la terre, tout
l'amour – étoiles et épines –
je te l'ai donné, mais tu as marché
avec tes petits pieds, avec tes talons sales
sur le feu, et tu l'as éteint. »

Pablo Neruda, *Vingt poèmes d'amour et une chanson désespérée*

Paris, juin 2020

Je me suis réveillée, fourbue, éreintée par mes propres pensées. Ces derniers temps, mes nuits se sont faites encore plus blanches, elles sont désespérément dédiées à *lui*, mon merveilleux amant, comme une offrande à notre amour contrarié. Puisque nous ne pouvons partager notre sommeil, je lui fais don de mes insomnies. Je revisite nos discussions de la journée, prépare mentalement la tenue que je mettrai demain pour lui plaire, sens sur ma peau, fiévreuse, ses baisers encore chauds. Mais cette fois, la nuit, cette perfide, a trouvé un nouvel angle d'attaque, une nouvelle obsession. Elle n'est pas venue me harceler avec *lui*, avec notre histoire qui me brûle au cœur et au corps. Non, aujourd'hui, elle a décidé de jouer avec mes parents. Sûrement à cause des enfants, pensé-je.

Hier soir, avant de me coucher, je suis allée les voir dans leur chambre pour les embrasser une dernière fois dans leur sommeil, avant d'essayer de trouver le mien. En les regardant dormir sereinement, comme le ferait n'importe quelle mère aimante, je me suis sentie sale. Une sale menteuse. Peut-être parce que ma vie est devenue une gigantesque mascarade. Je mens à Antoine avec une facilité déconcertante (aurais-je enfin trouvé mon don ?) et, pire que tout, je mens à mes propres enfants. Pour ma défense, j'ai été à bonne école. Mais je ne les abuse pas seulement depuis que je prétends chaque jour que je sors pour promener le chien, je leur raconte des sornettes depuis le jour de leur naissance. Et dans les lueurs vaporeuses de cette journée qui va bientôt commencer, je n'arrive plus à me le pardonner.

Il faut dire que le secret est une hydre féroce, qui se reconstruit à mesure que j'essaie de l'anéantir. Je n'avais pas l'intention de leur cacher quoi que ce soit de moi, de mon histoire et de mes origines qui sont aussi les leurs. J'aurais voulu leur dire dès le début que j'ai eu mal, que j'ai vacillé, mais que je suis riche de ce chemin. Leur dire que ce qui fait la famille, ce n'est pas le sang mais la présence et l'amour. Leur dire qu'il faut accepter la zone grise de la vie, accueillir la part d'ombre de ceux qu'on aime, et celle qui est en nous aussi. Leur dire de ne pas juger les autres. Et surtout, surtout, leur promettre que jamais je ne les laisserai s'échapper en dehors de mon enceinte.

Mais j'ai reproduit ce que j'ai tant haï. D'abord parce qu'ils sont trop jeunes pour comprendre. Au moment de leur expliquer leur arbre généalogique, de leur parler de notre famille, de mon enfance, j'ai simplifié l'équation : il y avait mon papa, celui qui m'a élevée, et puis leur papi, l'homme avec qui Mamie partage sa vie désormais, depuis que mon papa est mort. Cela faisait beaucoup de grands-pères déjà. Compliqué d'expliquer à des enfants en bas âge qu'il y a aussi Luis, cet inconnu du bout du monde, qui se fiche de moi et d'eux comme de sa première chaussette, de lui donner une place dans leur représentation familiale. Il m'a semblé aussi que c'était un peu tôt pour leur apprendre les tromperies, les mensonges, les serments fracassés. La vie se chargerait bien assez vite de leur apporter son lot de noirceur et moi, en attendant, je me charge de préserver leur candeur le plus longtemps possible. Mais comment rompre cette spirale infernale ? Je les regarde grandir comme elle m'a regardée à leur âge et je me retrouve à me poser les mêmes questions qu'elle, des décennies plus tôt. Vais-je le leur dire un jour ?

Me voilà prise dans son piège.

Ma mère a fait de moi sa complice. Elle m'a rendue otage de ses mensonges.

Luis a également fait de moi son otage, prisonnière d'un sentiment d'abandon dont je n'arrive pas à me défaire. Et ça aussi, ça m'a explosé au visage hier, dans la chambre des enfants. Je suis sale, et seule. Délaissée par un homme que je connais à peine et qui a créé en moi un trou béant. Si je rends visite à mes petits chaque soir depuis le jour où je suis devenue maman, c'est pour m'assurer qu'ils respirent encore. L'idée que l'un d'eux puisse mourir subitement alors que je me trouve dans la pièce d'à côté me terrorise. Quand la fatigue pourrait me pousser à faire l'impasse sur ce cérémonial, ou si ma raison essaie de lutter contre cette peur aussi viscérale qu'irrationnelle, je me force à y aller quand même, par superstition, persuadée que la seule fois où je m'abstiendrais pourrait être celle du drame. Répéter le même geste incantatoire pour conjurer le mauvais sort, c'est peut-être ça, être mère, ai-je pensé en les regardant dormir, paisibles et vivants.

Une fois ma peur à peu près contenue, j'ai retrouvé mon lit, prête à ne pas dormir. Et comme un vieux disque rayé, la nuit a fait valser une question en boucle dans ma tête : ces gestes d'angoisse que je venais d'avoir pour mes enfants, les a-t-il jamais eus en pensée ? Luis Forlàn a-t-il jamais redouté le pire pour moi ? À défaut d'avoir connu son amour, ai-je au moins eu droit à sa crainte ?

J'avais pourtant arrêté de ressasser cette histoire. À force de me répéter que tout cela était derrière moi, j'avais fini par y croire. J'ai fait le tri, remis chacun à sa place ; père, géniteur et même beau-père, maintenant que ma mère a refait sa vie. Près de dix années se sont écoulées depuis notre rencontre en Uruguay, je pensais avoir fait le tour du sujet, et le deuil du vrai-faux père. Mon cerveau cartésien a reçu les réponses qu'il exigeait. J'AI COMPRIS. Alors, tout en m'agitant dans le lit, j'ai enfilé les clichés en espérant me rendormir : le temps a fait son œuvre, la roue a tourné, je suis maman maintenant, je dois regarder vers l'avenir. À quoi bon m'appesantir sur un passé que je ne peux pas changer et qui n'est pas de mon fait ?

Mais insidieusement la question est revenue trotter dans ma tête, comme une goutte d'eau fissure un barrage et finit par provoquer un raz-de-marée. Et ce matin, je suis submergée par la colère de n'avoir jamais été l'objet des angoisses de Luis. Il a laissé venir au monde un bébé, son bébé, sans se soucier de la montagne de dangers qui le guettait. Jamais il n'a ne serait-ce que songé aux tombereaux de petits ou de gros bobos que la vie déverserait sur moi, comme elle le fait sur tous. J'aurais pu me faire amputer d'une jambe dans un accident de voiture sans que sa journée s'en trouve perturbée. Peut-être aurait-il senti dans ses tripes un pincement, une prémonition qui l'aurait alerté qu'à l'autre bout du monde quelque chose de grave venait d'arriver à la chair de sa chair.

Mais puis-je vraiment me contenter d'un imperceptible frisson quand je veux des boyaux qui se tordent, le cœur qui s'arrête, le sang qui se glace ?

Je me frotte les yeux pour m'éclaircir l'esprit. S'il savait comme il me manque, cet inconnu que je m'évertue à oublier. Et comme j'aimerais lui manquer. Mais visiblement, non, il était trop occupé avec sa famille, à élever ses « vrais » enfants.

« C'est foutu, je n'arriverai pas à me rendormir », me dis-je en dégageant la couette d'un coup sec, tout aussi irritée par mes sombres réflexions que par les ronflements d'Antoine qui continue sa nuit, imperturbable. Je suis devenue cette horrible personne qui jalouse le sommeil de l'autre. Et *lui*, je parie qu'il dort à poings fermés aussi. Tous ces hommes qui roupillent m'insultent. Et Luis ? Comment sont ses nuits ? Quels petits arrangements avec sa conscience lui permettent de rejoindre les bras de Morphée chaque soir et de se regarder dans le miroir chaque matin ? Comment a-t-il pu vivre à deux mille lieues, au sens propre comme au sens figuré, de mes douleurs, de mes bonheurs ? Quel infâme peut se lever jour après jour avec la parfaite connaissance de l'étendue du vide qui le sépare de son enfant ? Peut-être s'est-il répété à n'en plus finir que cette gosse n'était pas la sienne jusqu'à se persuader de ce qu'il savait faux.

J'ai rempli la bouilloire au robinet, appuyé sur le bouton en plastique et attendu, perdue dans le renfrognement de mes pensées, que l'eau se mette à crépiter. J'ai pioché une mousseline dans la boîte à thé et, en la faisant tournoyer machinalement dans la tasse, je me suis raisonnée. Non, il ne m'a pas abandonnée. Il a laissé derrière lui un fœtus qui n'était encore qu'une page blanche, une gamine même pas née, sans personnalité, sans émotions et sans traits de caractère. Il a abandonné un concept, une idée qui n'était personne encore et sûrement pas moi, Lucie Paoli, avec mes qualités et mes défauts. Je ne sais pas ce que j'ai ce matin à m'apitoyer sur mon sort. J'ai grandi dans un foyer aimant, adorée par mon père et adulée par ma mère. Vraiment pas de quoi en faire un roman.

Le problème, suis-je bien forcée d'admettre en sortant ma tartine du grille-pain, c'est qu'il n'y a pas que le nouveau-né dont il n'a pas voulu.

Tout avait plutôt bien commencé pourtant entre nous. C'était un soir après les cours, quelques mois après la « grande révélation ». Ma mère et moi nous sommes assises côte à côte sur mon lit d'étudiante. Elle a sorti son petit calepin sur lequel elle avait noté :

L : 00598 2204 5198

Je me suis dit en voyant cette lettre majuscule qui élaguait le prénom de son ancien amant que le secret vivait depuis trop longtemps en elle pour qu'elle puisse un jour s'en délivrer. Elle avait réussi à se procurer le numéro de téléphone du ministère grâce à Clara, avec qui elle avait repris contact. Une secrétaire un peu revêche l'avait accueillie non sans scepticisme, avant de se radoucir quand M. le Ministre avait accepté de lui donner un rendez-vous téléphonique.

Elle a précisé, presque surprise d'avoir réussi son coup :

— Je me suis débrouillée comme j'ai pu. Tu vois que j'ai bien fait de les prendre, ces cours d'espagnol, finalement ! J'ai réussi à faire comprendre à l'assistante que nous nous connaissions bien puisque nous avions travaillé ensemble pendant ses années d'exil et que c'était *muy importante* !

Elle a composé le numéro en faisant tourner le cadran avec son index. Son doigt tremblant peinait à entrer dans les trous. Elle a porté le combiné à son oreille et baragouiné quelques mots à la secrétaire. J'ai mis le petit écouteur rond sur la mienne, juste à temps pour entendre : « *Un momento por favor.* » Elle m'a souri pour masquer l'impatience et l'émotion qui l'assaillaient.

J'avais tout imaginé de cette discussion. Mille fois j'avais essayé de prédire ses premiers mots, tenté de me figurer sa voix et ses intonations. J'avais envisagé secrètement qu'il se répande en excuses et en remords éplorés, tout en me préparant à la possibilité du déni. Peut-être allait-il refuser de me parler, demander à ma mère sur un ton glacial de ne plus jamais l'appeler ou même la traiter de menteuse, de déséquilibrée. Mieux valait anticiper le pire pour ne pas être déçue. J'étais prête à tout entendre.

Sauf ce que j'ai entendu.

Alors que rien ne pouvait lui laisser deviner que j'étais suspendue, haletante, au bout du fil, il a dit à brûle-pourpoint en décrochant le téléphone :

— Bonjour Mathilde. Je suis content de t'entendre. Je pense à toi et à Lucie tous les jours.

Elle a bafouillé, après m'avoir adressé un regard victorieux :

— Je... je lui ai dit.

Je suis entrée en apnée jusqu'à ce qu'il réponde d'une voix calme et étonnamment douce :

— Quand j'ai eu le message de ma secrétaire la semaine dernière, j'ai su que le moment était venu.

— Lucie aimerait beaucoup te rencontrer. Est-ce que tu prévois de venir en Europe prochainement ?

— Non, pas dans un futur proche. Je suis venu à Paris l'année dernière pour une réunion des ministres de la Santé. J'ai un agenda très chargé, a-t-il ajouté d'un air désolé. Je ne pense pas pouvoir venir en Europe dans les dix-huit prochains mois.

— Peut-être pourrions-nous venir à toi, a lancé Mathilde, comme on saute à pieds joints d'une falaise, en cherchant des yeux mon approbation.

Après un silence aussi assourdissant que les cognements de mon cœur contre ma cage thoracique, il a répondu :

— Oui, bien sûr.

— OK, parfait, c'est merveilleux ! Je vais en discuter avec Lucie et je te ferai des propositions de dates. Idéalement il faudrait que ce soit pendant les vacances scolaires. Elle fait de brillantes études de sciences politiques, tu sais.

— Ah, cela ne me surprend pas...

J'ai regardé ma mère avec de grands yeux interrogatifs en lui soufflant :

— Ah bon ? Pourquoi ?

Mais loin, à l'autre bout du combiné, quelqu'un a dit quelque chose en espagnol et Luis, en s'excusant, a pris congé de nous. Sans oublier d'ajouter :

— Peux-tu laisser vos adresses e-mail à mon assistante ? Je vous écrirai.

J'ai regardé ma mère qui jubilait. Elle pétillait de joie, de fierté presque. Était-ce le fait d'avoir entendu la voix de celui à qui elle n'avait pas parlé depuis tant d'années ? Était-ce l'effervescence d'avoir décroché une éventuelle rencontre ? Et à tout cela mélangé, le contentement de m'avoir prouvé qu'elle disait vrai ? Les faits venaient d'être corroborés implicitement par cette discussion. Comme on se pince pour ne pas rêver, j'ai passé la main plusieurs fois sur mon visage avant de lui dire :

— Il pense à nous tous les jours.

Et pendant des années, c'est tout ce que j'ai retenu de cette conversation.

Je l'ai rejouée des milliers de fois. Quand mon esprit divaguait pendant les cours, le soir en m'endormant, ou devant ma glace en imitant son accent et son timbre posé. J'ai inventé un jeu de rôles que je répétais à l'infini : je lui disais : « Bonjour Luis » et il me répondait : « Je pense à vous. » En écho, il ajoutait : « Je pense à toi tous les jours, Loucie. » J'avais gravé dans ma mémoire la façon chavirante dont il avait prononcé mon prénom. Je passais aussi des heures à éplucher la photocopie d'un article que j'avais déniché à Sciences Po sur les réformes de l'hôpital qu'il avait entreprises. Je me brûlais les yeux à force de décortiquer le portrait, en noir et blanc et un peu flou, qui illustrait son interview.

Quelque temps après notre appel, il a tenu sa promesse et m'a envoyé un e-mail me signifiant, courtois, qu'il avait été heureux de me parler. Timidement, délicatement, comme deux inconnus qui s'apprivoisent, nous avons entrepris une correspondance. À intervalles réguliers, je lui donnais de mes nouvelles, lui faisais part de mon vif intérêt pour mes études et de mes réflexions sur mon orientation professionnelle. Je l'interrogeais sur son actualité. Il me narrait en quelques lignes son quotidien au ministère, ses colloques internationaux et ses pronostics sur les prochaines élections. Ni l'un ni l'autre ne nous aventurions sur un terrain trop personnel. Je distillais çà et là le quart du millième de la tonne de questions qui se bousculaient dans ma tête, mais sans jamais le brusquer. Il répondait de manière évasive. Le fil qui nous reliait était si ténu qu'il ne fallait pas prendre le risque de le casser. Je pensais encore que mieux valait un peu de nous que rien du tout. Je luttais avec force contre mon impatience pour rattraper le temps perdu pas à pas plutôt qu'au pas de course. Si, prise dans le tourbillon de mes études, de mes sorties et de ma vie amoureuse, je restais plusieurs mois sans lui écrire, il ne me contactait pas. Mais ne restait jamais plus de quelques jours sans répondre à mes messages.

Après trois années de fac, l'Amérique m'a ouvert les bras. Je suis allée finir mes études à l'université de Californie de Los Angeles. C'était la première fois depuis « l'annonce » que je mettais un pied sur ce continent. Tout émoustillée par la grande aventure qui m'attendait là-bas, je ne pouvais m'empêcher de penser que j'allais fouler le même sol que lui. Nous n'étions plus qu'à quelques heures d'avion l'un de l'autre. Si proche de lui, j'échafaudais l'idée de le rencontrer sans jamais le lui proposer ouvertement. Je décochais quelques allusions qui semblaient venir s'échouer dans la pampa. Quand enfin j'ai osé évoquer frontalement mon projet, il m'a répondu, navré, que son emploi du temps ne le lui permettait « malheureusement » pas cette année. Je n'ai pas insisté.

Les mois ont passé. J'ai quitté les États-Unis pour m'installer à Paris et entamer une trépidante vie de jeune journaliste. Mon rêve américain avait rempli ses promesses mais avait jeté une première pierre dans notre jardin. J'ai enfoui mes espoirs déçus et repris avec lui des échanges toujours cordiaux mais sans piquant. Je continuais à lui attribuer toutes les qualités que ma mère m'avait dépeintes et me persuadais que la distance polie de ses réponses ne pouvait être due qu'à une certaine pudeur mâtinée de bonne éducation. Plus le temps passait, plus le doute s'immisçait en moi. Bien incapable de m'en prendre à lui, j'ai poussé Mathilde dans ses retranchements :

— Quand même, il était là, si proche de nous, il est venu à Paris, il ne s'en est pas caché, tu te souviens ? Il aurait pu te contacter.

Dans son infaillible confiance en lui, elle lui trouvait toujours des excuses.

— Tu sais qu'il a un poste très important, il n'en a sûrement pas eu le temps. Et puis c'est quelqu'un d'extrêmement délicat, il ne voulait pas déranger après toutes ces années... et entre-temps j'avais changé de travail, nous avions déménagé, ce n'était pas aussi simple de se joindre qu'aujourd'hui avec les nouvelles technologies...

Je lui ai rétorqué qu'en creusant un peu je m'apercevrais qu'il était venu plusieurs fois en Europe depuis ma naissance, qu'il avait respiré le même air que nous et que si vraiment il pensait à nous « tous les jours », il nous aurait retrouvées.

Et, indignée, j'ai marmonné intérieurement pour ne pas trop esquinter ma mère de porcelaine :

— Je ne l'ai pas rêvé quand même ? Il l'a dit et bien dit. Et rien ne l'y obligeait. Il a prononcé ces mots sans savoir que j'étais pendue à l'écouteur.

Avant qu'elle ait énoncé la moindre parole, avant qu'elle ait pu lui apprendre que, dans un moment de faiblesse, par un geste incontrôlé, elle avait mis fin à vingt ans de mensonges. Qu'en une seconde, elle avait tout cassé, mon enfance dorée et ma normalité. Il l'avait dit, je n'avais pas pu l'inventer.

Parfois, après un énième e-mail que je jugeais trop lissc, jc rcpartais à la charge :

— Maman, ouvre les yeux, c'est tout bonnement incompréhensible qu'il n'ait pas cherché à nous voir.

Et pourtant, comme elle, j'avais envie de croire à la grande histoire d'amour impossible. Comme elle, je m'accrochais à la légende du saint homme contraint d'abandonner son enfant pour aller sauver son pays.

Jusqu'à ce que l'incompréhensible devienne insupportable.

J'ai mis fin à quinze ans d'attente par un message laconique, au ton tout aussi policé que le sien :

Cher Luis,

J'espère que tu vas bien. Maman et moi préparons un voyage en Argentine. Nous souhaitons en profiter pour venir te voir. Donne-nous une date, un lieu et une heure. Nous serons là.

Merci. Dans l'attente de ton retour,

Lucie

On connaît la suite. Nous sommes allées le voir. Il m'a donné la pièce manquante du puzzle. La boucle a été bouclée. Et j'ai été soulagée.

Je lui ai écrit peu de temps après notre retour en France, un message un peu dégoulinant, pour lui faire part de mon émotion et de ma joie d'avoir enfin fait sa connaissance. J'étais gonflée d'espoir, prête à investir toute mon âme dans cette relation avec un nouveau père qui n'était pas tout à fait mon père, qui certes ne m'avait pas envisagée dans sa vie au départ, mais qui avait enfin posé les yeux sur moi et qui, ce faisant, m'avait remise au monde, m'avait sauvée des tourments dans lesquels j'oubliais trop facilement qu'il m'avait lui-même plongée.

Jamais je n'aurais pu imaginer que cette promesse d'un nouveau départ se heurterait à bien pire encore qu'à son rejet ou à son indifférence : son affabilité.

Chère Lucie,

Je suis ravi de lire que vous êtes bien rentrées.

De mon côté, j'ai repris le travail. Je prépare une importante rencontre interministérielle avec les représentants des syndicats qui aura lieu dans quinze jours.

Bien à toi,

Luis

J'aurais préféré qu'il m'insulte ou qu'il me gifle. Tout mais pas cette retenue creuse dont il m'avait abreuvée pendant des années avant notre rencontre. C'était comme si rien n'avait changé, comme si ce renversant dîner n'avait jamais eu lieu. Comme si je ne lui avais pas entrouvert les portes de ma forteresse. Je lui avais tout donné de moi. Était-ce à ce point insuffisant ? Cet e-mail qui venait de l'autre bout de la terre était à des millions d'années-lumière de l'intensité qui m'habitait. J'étais prête au grand pardon et tout ce qu'il me servait, c'était du « Chère Lucie » et du « bien à toi ».

J'ai tapé sur mon clavier avec la rage de l'outragée :

Cher Luis,

Je te prie de ne plus m'écrire si c'est pour m'envoyer ce genre de message. Il se trouve que tu n'es pas « bien à moi » comme tu l'écris, tu es mal à moi. D'ailleurs tu n'es pas à moi tout court. Tu es mon rien du tout et, jusqu'à preuve du contraire, cela fait de toi un moins-que-rien.

Je mérite que tout ton être se mobilise pour réparer ton absence. Séduis-moi ou oublie-moi. Je ne veux plus de ta courtoisie dont je suppose qu'elle est la même pour tout le monde et me réduit donc à n'être personne.

J'aimerais pouvoir me dire qu'elle est due à ton élégance de caractère, te trouver une excuse quelle qu'elle soit, mais encore faudrait-il pour cela te connaître.

Mon inconnu tant attendu, je ne vais pas t'accorder le bénéfice du doute cette fois-ci. Déjà fait, depuis trop longtemps.

Cordialement,

Lucie

Et puis j'ai ajouté :

P.-S. : Pour ta gouverne, je m'en tape, de tes réunions au sommet. Je m'en fous royalement, que tu sois ministre ou président de la République ou pape. Père m'aurait suffi.

J'ai pensé que c'était méchant, alors j'ai effacé le post-scriptum. Mais je n'avais pas fini de vider mon sac, alors j'ai laissé mes doigts marteler :

P.-S. : Mais putain, qu'est-ce qu'il faut que je fasse pour te faire sortir de toi ? Qui je dois être pour que tu veuilles de moi ?

Et j'ai pensé que c'était vulgaire. Pas mon genre. Alors j'ai effacé à nouveau le post-scriptum.

J'ai relu mon e-mail, j'ai pensé : « C'est bien, c'est très bien. Ça a le mérite d'être clair. »

Et au moment de l'envoyer, j'ai appuyé sur « Supprimer ».

Je n'ai jamais répondu à son message. Il n'a pas cherché à me relancer. Avec les années, le boulot, les bonheurs, les soucis, le mariage, les enfants, la fatigue, le feu s'est éteint. La rage aussi. J'ai avancé. Lui aussi certainement, même s'il n'avait jamais cessé de le faire.

Je regarde une miette gorgée de thé s'enfoncer lentement vers le fond de ma tasse et je me dis que peut-être, si j'avais été plus jolie, ou plus brillante, ou plus courageuse… peut-être qu'avec un diplôme de l'ENA ou de Polytechnique en poche, j'aurais suscité chez lui plus d'appétence. Peut-être m'avait-il rêvée exploratrice de contrées lointaines, chercheuse en physique quantique, ou lauréate du prix Pulitzer. Si j'avais été une rock star, serait-il venu frapper à la porte de ma loge à la fin du concert ?

À part être moi, je n'ai rien fait pour m'octroyer cette savoureuse revanche. Je ne suis pas devenue cette étoile reconnue de tous et donc de lui. Aucune qualité exceptionnelle, aucun talent rare, aucune action hors du commun ne m'a rendue à ses yeux indispensable.

Non, rien n'a fait de moi sa quête.

14

> « Adorée, me voici retournant à mes luttes. »
>
> Pablo Neruda, *Vingt poèmes d'amour et une chanson désespérée*

Lille, septembre 1976

Mes fleurs,

Je suis heureux. Dans dix jours tu seras là, Lucia. Ma lumière, mon espérance, mon plus beau renoncement. Nous t'avons tellement attendue, te quitter me rend meilleur. Là où je vais, tu n'appartiens pas. Ce que j'ai vu, ce qu'ils ont fait à mes amis, mes voisins, mon pays… Là-bas, c'est ma honte, celle de tout un continent. Le sang et les larmes qui ont coulé dans les plaines ont irrigué peu à peu ma colère. Je peux, je dois nettoyer la souillure, reconstruire pierre par pierre la conscience de mon peuple pour libérer notre avenir. Ai-je vraiment d'autres choix ? Mais je vous emmène, ta maman et toi. Vous êtes dans chacun de mes pas, de mes mots, dans tous mes combats. Ceux qui me regardent ne voient pas que nous sommes trois. Je vous porte en moi, vous êtes moi. Je suis heureux.

Luis

Mathilde a relu dix fois, quinze fois, vingt fois cette lettre déposée par Luis sur la table de la cuisine, à l'endroit même où elle lui avait laissé son timide « *Bienvenido professor* », deux ans plus tôt. Elle n'a plus de larmes. Elle a beaucoup pleuré depuis un mois, depuis que Luis lui a annoncé son départ. En cachette au bureau, en cachette à la maison, en cachette dans les toilettes de l'aéroport d'Orly où elle l'a déposé quelques heures plus tôt avec Clara et Mauro. Et maintenant qu'elle peut enfin sangloter tranquillement, elle n'y arrive pas.

Bien sûr qu'elle comprend que sa place est là-bas, que ce poste de médecin à Caracas est une aubaine, que bientôt il pourra y faire venir sa famille et la libérer enfin du joug sous lequel elle vit. Il ne la quitte pas elle, il les retrouve eux. Et plus encore, il part pour accomplir ce destin qui l'appelle inexorablement. Ce n'est pas la fin mais le début de l'histoire pour son grand homme. Mais elle dans tout ça ? Et le bébé qui va bientôt naître ? Luis a juré de leur écrire tous les jours. Elle sait qu'il le fera, pour un temps au moins. N'a-t-il pas tenu parole avec Nora ? Et peut-être se rejoindront-ils quand tout sera fini, en Amérique ou ici. Ils n'en ont pas vraiment parlé, quelques allusions tout au plus, qu'elle a vainement provoquées, mais de promesses, aucune. Et pourtant aujourd'hui commence la longue attente, l'attente d'une vie, qu'elle va abreuver de rêves et de beaux sentiments, qu'elle finira par dompter avec le temps mais qui jusqu'au bout lui collera à la peau.

Elle relit une dernière fois les mots de Luis, qu'elle connaît déjà par cœur. Elle plie le papier en deux et le déchire, puis en deux à nouveau, et encore et encore, elle s'acharne sur ce bout de papier jusqu'à ce qu'il soit aussi déchiqueté que son cœur. En quittant l'appartement qui s'est trop vite vidé d'eux, elle emporte son grand édredon à fleurs. Au pied de l'immeuble, elle jette les petits morceaux de la lettre dans la benne publique. Son amour à la poubelle pour ne pas prendre le risque de rapporter à la maison une preuve compromettante.

Puis elle rentre chez elle pour rejoindre Paul et Sophie qui l'attendent, l'enfant de Luis dans le ventre, et son chagrin sous le bras.

15

« Tu enlaças la douleur, tu t'agrippas au désir,
la tristesse te coucha, tout en toi fut naufrage ! »

Pablo Neruda, *Vingt poèmes d'amour et une chanson désespérée*

Paris, octobre 2020

Je pensais qu'au moins j'aurais du talent. Que j'aurais l'adultère chatoyant. Au vu de mes prédispositions familiales, mon histoire d'amour ne pouvait être qu'époustouflante, rien de moins qu'une passion hors du commun, digne des plus mémorables héroïnes de la littérature. Mais tout ce qui brille n'est pas d'or et ma scintillante idylle a revêtu, au fil du temps, les habits tristement banals d'une simple aventure extraconjugale.

Finalement, la compagne légitime n'était pas si détestable et leur relation, pas si enterrée. Mes quiz et moi n'avons été qu'un divertissement passager. Je me croyais Yseult, je me réveille exsangue et minuscule. Bovarysée. Comment ai-je pu me tromper à ce point ? Femme avertie en vaut deux normalement, non ? J'ai baissé la garde cinq minutes sur un passage piéton et je suis tombée dans le panneau. Engloutie non pas par des serments non tenus – à la relecture de notre histoire, je dois admettre qu'*il* n'a même pas eu à se donner le mal de m'en faire –, mais par mon propre aveuglement, et ma propension héréditaire à rêver l'amour en grand.

Je me recroqueville dans le lit pour câliner ma peine – à ce stade, je sais qu'il est impossible de m'en débarrasser, j'essaie juste de l'apprivoiser. Et je pense à *lui*, lui en train de ne pas se morfondre, lui, en train de ne pas en crever pour moi. J'écoute en boucle les « à demain » qu'il ne me dira plus.

Je finis par me lever. Et je souris. À Antoine, aux enfants. Je fais ce que je sais faire de mieux, ce que j'ai reçu en héritage, je fais semblant. D'habitude, c'est comme une seconde nature chez moi, mais là, ça me coûte. Je dois aller puiser très profond une énergie que je n'ai pas pour être aimable et d'humeur égale alors que j'ai envie de tout casser dans l'appartement, de pleurer toutes les larmes de mon corps et de m'apitoyer sur mon sort. Je voudrais hurler aussi, insulter la terre entière : ma mère qui ne va pas tarder à arriver, Antoine qui n'a pas su m'empêcher de fauter, et Luis qui est relié par un pont invisible à cet homme qui n'a pas voulu de moi. Penser à lui me fait penser à *lui*, et vice versa.

— Maman on a faim !

— J'arrive mon poussin.

Après le petit déjeuner, je lance un « On fait un Uno ? » qui sort un peu trop aigu. Le temps d'une partie, je me laisse happer par mon envie de gagner et par le plaisir de voir les enfants si joyeux. Antoine distribue les cartes, invente des règles à son avantage et fanfaronne comme un ado. Pauvre Antoine, bel Antoine, si étranger à mes tourments. J'insiste pour faire la revanche puis la belle, qui m'autorisent encore, pour quelques minutes, à ne pas être cette mère indigne qui a préféré promener son chien avec un quasi-inconnu qu'elle a pris pour l'homme de sa vie plutôt que de passer du temps à s'occuper des siens.

Mathilde sonne à la porte et interrompt la partie. J'ai peur d'affronter son regard. Elle est la seule qui pourrait me percer à jour.

— C'est Mamie, les enfants… vous allez lui ouvrir ?

Pour ne pas me faire démasquer, je décide de détourner son attention en la mettant au boulot immédiatement, avant qu'elle ne vienne me renifler de trop près.

— Coucou Maman, ça va ? Tu veux bien préparer la salade ?

En la regardant se mettre à l'ouvrage, je pense à Luis. Plus précisément, à son cadavre. Si ça se trouve, notre Uruguayen n'est plus de ce monde et nous ne le savons pas, ni elle ni moi. Elle a perdu son grand amour, et elle coupe des tomates dans ma cuisine. Je trouve ça triste. Et moi, qu'est-ce que ça me ferait s'il était vraiment mort ? D'après mes calculs, il doit avoir dépassé les quatre-vingts ans. Restera-t-il pour moi une simple étoile filante aperçue trop brièvement dans un ciel de pampa, et laissant derrière elle un trou noir ? Un papa néant. Mais s'il n'était pas mort ? S'il lui restait encore du temps, un espace où nous inventer une meilleure fin ? Au soir de sa vie, dans un dernier sursaut, va-t-il chercher la rédemption ? Me tendre la main avant l'ultime départ, m'offrir ce pas vers moi qu'il n'a pas été fichu de faire pendant toutes ces années ? Je me berce d'illusions, et je le sais. Il est fort vraisemblable qu'au moment où il fermera les yeux, je n'aurai pas plus de place dans son inventaire que je n'en ai eu dans sa vie. Mais mon espoir persistant est un réconfort, un soulagement. Viendra un moment où, telle une adolescente laissant derrière elle sa peluche d'enfance, je devrai y renoncer. Alors j'abandonnerai complètement le mythe qu'il m'a souvent été vital d'endosser, cramponnée à la nécessaire conviction qu'il me conférait une lumière unique. Bientôt, je déposerai les armes. Pas tout de suite encore.

Antoine nous prépare l'apéro et se lance avec ma mère dans une grande réécriture du confinement. Il lui raconte comme on était bien tous les quatre, que finalement, c'est passé vite, qu'il a découvert ses enfants sous un autre angle, qu'il se pourrait bien qu'on regrette cette parenthèse enchantée où le temps s'est arrêté. J'ai envie de pleurer. Une parenthèse, oui, c'est ce que j'ai été pour l'autre. Je prends sur moi. Je crois que je vais finir par me rendre malade à force de prendre sur moi. Je vais me faire un cancer avec cette douleur qui tambourine à l'intérieur et qui ne peut pas sortir. Je vais mourir, priver mes enfants de leur mère, mon mari de sa femme, changer à jamais le destin de ma famille. Pourquoi ? Parce que j'ai été assez bête pour penser que j'avais rencontré l'âme sœur. Voilà où ça mène, d'être aussi rêveuse que sa mère. N'apprend-on donc rien d'une génération à l'autre ?

Certains coupent les cheveux en quatre, ma mère coupe les légumes en mille. Dieu que c'est agaçant. Avec minutie, précision, lenteur. Comme si sa vie en dépendait. Elle s'applique, je trépigne. Nous sommes assises toutes les deux autour du plan de travail. Je sais que je ne suis pas d'une compagnie très agréable mais ça n'a pas l'air de la déranger. Elle fait comme elle a toujours fait, elle accueille tout de moi, mes bons jours comme les mauvais. Je pourrais en profiter pour discuter un peu avec elle mais je ne veux pas risquer de la déconcentrer et de la ralentir encore plus. Et puis qu'est-ce que je trouverais à lui dire, à part lui balancer à la figure de but en blanc que j'ai – que j'avais – un amant ? J'étudie un moment cette possibilité. Cela me ferait sûrement du bien d'en parler à quelqu'un. Elle aussi a dû se poser maintes fois la question en m'observant dans la cuisine de ma jeunesse.

Mais tout lui dire serait lui donner raison, admettre que ce n'était pas une faute qu'elle a commise, juste une faiblesse aussi humaine qu'irrésistible. Mon accablante passade aurait pour elle un parfum d'absolution. Et par rapport à Antoine, ce ne serait pas correct. Je me rends aussitôt compte de l'absurdité de cette pensée. Ce qui n'est pas correct, c'est de l'avoir trompé, je le sais bien. Je n'ai pas assez d'auto-indulgence pour me raccrocher à l'idée que mon silence me grandit. D'autant plus que je connais la vraie raison pour laquelle je ne veux pas m'épancher. Si j'ai envie de garder cette histoire bouclée à double tour dans mon coffre-fort intérieur, c'est parce que ce n'est pas un amour que j'ai à raconter, mais une rupture. Sitôt ma passion confessée, il faudrait alors lui dire que c'est fini, qu'il m'a annoncé un beau matin que sa jeune et jolie dulcinée et lui avaient décidé de se redonner une chance et de faire un enfant. Qu'en me prenant tendrement dans ses bras pour me dire au revoir, il a murmuré que de toute façon il savait depuis le début que notre histoire aurait une fin, qu'il n'avait pas imaginé un seul instant que j'allais quitter mon mari et que quand bien même, il n'aurait pas supporté l'idée de détruire une famille. J'ai eu envie de lui dire qu'il avait l'air d'avoir moins de scrupules quand on s'embrassait sous les porches, mais je me sentais trop ridicule. Quelque chose comme un point de côté m'a coupé le souffle et ouvert les yeux.

Il semblerait que je l'aie vécue toute seule, ma passion resplendissante. Je ne dis pas que j'aurais quitté Antoine, mais savoir que *lui* n'a jamais caressé l'espoir d'un nous me lamine. Je repense à ce jour où il m'a dit sur un ton que j'ai trouvé pudique : « C'est une femme comme toi qu'il me faudrait. Je voudrais qu'elle ait tout de toi, tes valeurs, ton cerveau, ta beauté. Ce que nous partageons est tellement rare et précieux… » J'avais pris ses propos pour une déclaration d'amour déguisée. Comment n'ai-je pas vu que les mots ont leur importance ? *Comme* moi, mais pas *moi*…

Et ma mère asticote toujours ses légumes, elle les entaille comme si elle était en train de les opérer d'une rare malformation cardiaque et risquait de les tuer à chaque instant. Peut-être ne sortirai-je jamais de cette cuisine. Peut-être est-ce cela, mon châtiment de femme adultère. Enfermée pour toujours face à la seule personne susceptible de me comprendre, et la seule à qui je ne pourrai jamais rien avouer. Je contemple un instant la possibilité de lui arracher le couteau des mains et de prétendre me trancher le doigt par une inadvertance savamment orchestrée, tenant ainsi une bonne raison de m'écrouler en larmes sans avoir à me justifier.

Ma mère relève légèrement la tête. Elle a dû lire dans mes pensées car elle m'observe du coin de l'œil et m'envoie un sourire guérisseur, l'un de ceux dont elle a le secret et qu'elle me donnait, petite, quand je me faisais un bobo. Pour soigner nos petits malheurs, elle avait aussi le don d'inventer d'innombrables histoires de princes et de princesses, des épopées de chevaliers nobles et héroïques, des bluettes qui finissaient inlassablement bien parce qu'avec elle, l'amour l'emporte à la fin. Et tant pis si dans ses contes, elle mettait une pincée de sa vie, une nuée de ses rêves, et tant pis si dans ses histoires, elle arrangeait un peu l'histoire.

Je revois le monde pavé de roses dans lequel elle m'a fait grandir. J'ai envie de la serrer fort dans mes bras, mais la moindre mièvrerie pourrait entraîner mon effondrement. Alors je touille la vinaigrette, en regardant défiler le film de mon enfance : ses caresses dans mon dos le soir avant de m'endormir, nos moqueries quand elle faisait brûler les carottes, les devoirs d'allemand qu'elle me faisait réciter sans comprendre un traître mot de ce que je lui racontais, les mercredis où nous marchions joyeusement jusqu'au conservatoire de musique, les longues nattes qu'elle me tressait comme des couronnes, les jolies robes qu'elle ne s'achetait pas pour pouvoir nous envoyer en colo, les mots doux qu'elle me laissait sur la table de la cuisine avant de partir travailler, les fous rires sur la plage de Bray-Dunes avec Sophie et le chien, les heures qu'elle a passées à m'écouter, me consoler, m'encourager, les gaufres qu'on engouffrait chez Méert avec un plaisir croustillant, le jeu de l'âne qu'elle confectionnait à chacun de nos anniversaires, les concerts de Julos Beaucarne qui lui soufflait qu'« il faut s'aimer à tort et à travers[1] », la fatigue qu'elle surmontait pour dactylographier mes exposés tard dans la nuit sur sa machine à écrire, nos ingratitudes qu'elle oubliait dans un baiser, les colliers de pâquerettes, la confiture de mûres, les chansons de Jacques Brel qu'elle m'a fait découvrir en s'efforçant de ne pas pleurer, « Orly » surtout dont on jurerait qu'il l'a écrite pour elle.

Je repense à toutes ces fois où elle m'a tenu la main, infailliblement.

Dans le salon, Antoine met la musique.

— L'apéro est prêt !

Je ne peux pas gâcher la joie qui inonde le foyer à cette annonce. Inspiration, expiration. Inspiration, expiration. J'allonge ma gorge pour y faire passer l'air. Rien n'y fait. J'ai l'étrange impression de me noyer. Comme si je me débattais dans la houle,

1. Extrait de « Lettre ouverte » de Julos Beaucarne, 1975.

essayant de rester à flot au milieu des creux et des vagues qui me submergent.

J'ai froid, j'ai peur, mes muscles se tétanisent. J'essaie de garder la tête hors de l'eau, au sens propre comme au figuré. Je m'épuise, je suis à bout de forces. Et *lui*, un peu plus loin, me regarde. Il va bien finir par me tendre la main, c'est sûr, me sortir de cet enfer. Impossible qu'il me lâche comme ça après tout ce qu'on s'est aimés. Impossible. Mes derniers espoirs m'abandonnent. Je me laisse attirer par les profondeurs. Et là, dans cette espèce d'hypnose éveillée, je me retrouve projetée dans un large courant sous-marin. Antoine est là, il me prend la main. Et nous voguons, portés par les eaux, en apesanteur.

— Vous venez, les filles ?

L'appel de mon mari me ramène sur terre, ou plus exactement dans la cuisine. Je respire mieux tout à coup. Je sors de ma rêverie avec une vision insolite. Je vais le rejoindre dans le salon et lui déclamer que nous deux, c'est le Gulf Stream. Il me trouvera complètement folle mais je lui expliquerai que, comme ce courant qui sillonne les abysses, notre amour est profond, il est chaud, il avance. Rien ne peut l'arrêter. Et il charrie tout notre petit monde, les enfants, nos mères, ma sœur, nos amis. Je lui dirai que tout le reste n'est qu'un clapotis, de ridicules vaguelettes dans le cahot desquelles, certes, je me suis abîmée, mais qui seront bientôt emportées par les alizés. Si j'étais sûre de pouvoir lui parler sans le blesser, je lui dirais que j'ai le mal d'un autre mais que je ne me suis jamais sentie autant sa femme. Je suis sûre qu'une fois encore il m'épaterait par sa sagesse. Peut-être même saurait-il trouver les mots pour m'apaiser. Et je me souviendrais alors de ce que je n'ai jamais oublié totalement, que c'est lui mon amant, mon ami, mon refuge.

Les enfants s'impatientent. Ils viennent nous chercher dans la cuisine en dansant. Max les accompagne. On dirait qu'il bat la cadence avec sa queue qui bouge dans tous les sens. Antoine se déhanche dans l'encadrement de la porte. J'ai bien trop honte pour lui faire ma déclaration, je ne lui parlerai ni des lames de fond, ni des eaux chaudes de l'Atlantique, ni des vents contraires qui m'ont éloignée de lui. Mais pour la première fois depuis des mois, je ressens un élan, quelque chose d'infime et pourtant de bien vivant. Je ne sais pas ce que l'avenir nous réserve, pensé-je en regardant mon homme qui monte le son, mais je veux qu'il soit fait de lui, de nous.

Maman ne se fait pas prier. Elle pose ses ustensiles. Elle ne sera jamais prête, cette salade. Et la voilà qui se dandine en soulevant son tablier comme si c'était une robe de bal. Ça fait rire les petits qui l'encouragent en tapant dans leurs mains. Sa chorégraphie est irrésistible. J'en oublie la salade. Ma mère est belle avec ses cheveux blancs et son sourire grand comme un soleil. À la voir se trémousser, je m'aperçois qu'elle est restée cette jeune femme qui tournoyait sous les étoiles dans le jardin d'une petite maison en briques, heureuse et amoureuse. Les années en passant ont un peu cabossé ses rêves, mais elles n'ont pas éteint sa flamme. Elle a sans doute eu raison d'y croire, finalement. Peut-être qu'après tout il existe, cet amour fou qui nous surpasse et nous renverse. Et que si on a la chance de le croiser, il n'est pas d'autre option que de s'y jeter à corps perdu. Comme si tout était possible. Comme si rien d'autre ne comptait. Comme si on n'allait pas se noyer.

Je regarde ma petite troupe qui s'agite gaiement sur la piste improvisée. Et s'il suffisait d'entrer dans la danse ? D'inspirer à pleins poumons leurs mines réjouies ? Je décide, le temps d'une chanson au moins, de ravaler ma colère et mes jugements, de maquiller ma douleur et de tourner le dos à mes névroses. Je saute de mon tabouret et les rejoins, accompagnée par leurs vivats. Antoine enchaîne les hits de notre playlist, ces sons hétéroclites qui n'ont de cohérence que pour nous, parce qu'on les a aimés au fil des ans, parce qu'ils racontent la famille que nous sommes devenus. Et tout à coup, entre Amy Whinehouse et les Kids United, je comprends. Ils se fichent royalement, eux, de savoir si je suis la fille de la lumière plus que celle des ténèbres, l'enfant de l'amour plus que celui du mensonge. Antoine et Maman ont intégré depuis longtemps que je suis tout ça à la fois, et ils sont bel et bien là, à danser avec moi.

Et comme le jour se lève sur la mer d'ébène, dans les éclats de rire des enfants, j'entrevois un monde nouveau, pourtant sous mes yeux pendant toutes ces années, un monde où je n'aurais plus à être celle que l'on n'a pas envisagée.

Un monde où l'on m'aurait choisie, obstinément, envers et contre tout.

Remerciements

Merci à mon mari, Vincent, et à mes enfants, Louyana et Pablo. Tous les mots de la terre ne suffiraient pas à dire combien je vous aime.

Merci à ma maman d'être aussi merveilleuse. Je mesure chaque jour la chance que j'ai de t'avoir pour mère. Merci de m'avoir transmis le goût du bonheur, celui du travail et celui des autres. Et merci pour ton amour inconditionnel.

Merci, Franck, mon frère, pour notre indéfectible lien.

Merci à mes amis. Vous vous reconnaîtrez. Vous avoir dans ma vie est pour moi le plus précieux des trésors. Vous êtes ce qu'il y a de plus beau en moi.

Merci à tous ceux qui, par leur présence, leur soutien quotidien, m'ont donné de la force tout au long de cette grande aventure.

Merci au docteur et ami Alban Privat qui m'a aidée à tuer Maria pour conjurer la barbarie des hommes.

Merci également à toute l'équipe de Robert Laffont qui a participé avec beaucoup d'enthousiasme à ce projet.

Et enfin, merci aux quatre femmes extraordinaires qui sont entrées dans ma vie comme par enchantement et sans qui ce livre n'existerait pas. Par ordre d'apparition :

Capucine Delattre, à tout jamais la première. Merci de m'avoir regardée comme une autrice et de m'avoir poussée vers mon rêve. Merci pour ta sensibilité et ton inégalable bienveillance.

Susanna Léa, mon agente. Merci de m'avoir fait l'honneur (et le bonheur) de croire en moi. Notre rencontre dans ton bureau restera à jamais gravée dans ma mémoire. *Love at first sight.*

Alice d'Andigné et Céline Poiteaux, mes éditrices. Merci pour votre intelligence, votre gentillesse et pour nos échanges si stimulants. Merci pour votre immense confiance. Merci de m'élever.

Composition et mise en pages
par Facompo Lisieux

Imprimé en France par
CPI Brodard & Taupin
en décembre 2024

#lisez! engagé
www.lisez.com
Pour plus d'information :
Imprimé sur du papier issu de forêts gérées durablement.

N° d'édition : 67978/01 – N° d'impression : 3059039